九歌文庫464

# 頑童小番茄

一個單親小女孩的成長錄

簡媜 著

# 目錄

# 002



## 調皮是番茄的本能

003



## 你永遠不知道番茄有多少籽？

## 004

### 酷，是番茄的宿命



## 005

### 這世界又多了一個頑童

# 新版小記

二〇〇五年剛跨過門檻而來，距離本書初版已八年的今天，我望著冷鋒籠罩下的遠處樹林，驚覺時光悠悠而去，往事果然如煙。

書中主角小番茄已是一個置身於教育產業大道隨「補習砂石車」呼嘯來去的高一女生了。十六歲，正是小大人也是大小孩，她的優點與缺點同樣鮮明，叛逆期準時報到把她的家人（尤其是娘娘，小番茄上高中即搬至娘娘家）推入時常火冒三丈、血壓飆升的青春錯亂期。

十六歲的小番茄堪稱標準的「e世代青少年」。對個人權益、民生、自由、隱私權朗朗上口，卻對紀律、責任、道德感覺薄弱；對青少年文化如數家珍，甘冒寒流排隊數小時搶購演唱會門票，卻懶得把杯子收到廚房。煲電話、燉手機、熬網路不知疲倦，卻對帳單上的數字一無所懼，好像中華電信、台灣大哥大都是收蛤蜊殼、樹葉的。十六歲，節節逼近成年門檻離擁有投票權不遠，卻對投票之後的這個社會一知半解。

所以，當年她還是「小」番茄時，嘮嘮叨叨念她、罵她的那群大人，現在也還在念她、罵她。或許，這就是世代之間的扞格，上一代看下一代不順眼，下一代嫌上一代落伍吧！

寫作這本書時，我尚未踏入婚姻，結集出版時，初為人母，如今改版重印，孩子也進入小學了。三段時程三種心情，深深覺得我們的社會風氣與教育「對作」，而教育工程時而趕工時而癱瘓，不該變的地方變了，該變的卻一點也沒變。

成長，依然是一條坎坷的路，在我們這個文明與野蠻並存的社會。

唯覺得欣慰的是，對每天清晨六點半出門，晚上八點以後進家門的高一生小番茄而言，生活仍有許多值得好奇、追求、享受的地方，因此仍保持高度玩興，不知不覺忘記課業重擔（有時，也未免忘得太多了吧！）不至於變成失去歡顏的少女。想想也是，一個要求「加薪」（提高零用錢額度）被拒，竟想出餿主意，多帶幾份早餐賣給同學的番茄少女，求生本領高強，比她的上一代更具有開創新局的潛力，成長之路，也就值得含笑期待了。

或許，八年後，再來驗收番茄模樣吧！

# 文化子宮
## ——爲簡媜的《頑童小番茄》而寫

楊茂秀

曉琳和爸爸常到隔壁王伯伯家去玩。有一天黃昏，他們從王伯伯家回來。「媽——王伯伯家有一張新的桌子，黑色的——」曉琳一進家門就大叫。「亂亂講，那張新桌子是白色的。」父子兩人，黑白難辨的爭了起來。

「這有什麼好爭的？黑桌子、白桌子分明就是不同，還能用誰比較大聲來解決嗎？走，我們過去老王家，再看一次。」曉琳的媽左手牽曉琳，右手推曉琳的爸，往王家走去。

三個人加上王家一家大小八口，圍繞著站在一張大圓桌邊，桌子底下躺的是亞里斯多德——王家一家大小的寵物，一隻十三歲的老狗。

「你看，這不是白的嗎？小孩子就會亂亂講，這怎麼會是黑色的——」曉琳的爸爸大聲急說。

媽媽抱起曉琳，曉琳這才看到桌面，他掙扎下來，拉爸爸的手，要他蹲下來。

「你看，這不是黑色的嗎？爸爸，是桌子亂亂講，不是曉琳亂亂講。」曉琳伸手摸摸亞里斯多德，亞里斯多德昏睡著，尾巴只輕輕一動。

記不得是什麼時候，我跟簡媜講這個故事，簡媜微笑的聽完之後，不但沒有懷疑故事的真假，還提供了她小時候一則故事，將我想要彰顯的意思表達得更清楚。她的那一則故事大概是這樣子：「台灣人的家，大廳常有個神桌，那裡是一個家的神經中樞。我小時候，常常去躲在神桌底下，往外看，我看見一隻狗走進來，你知道的，鄉下，門都是不關的，大人都去工作了，家裡很靜，其實也不那麼完全安靜，雞、鴨、貓等，在庭院閒逛，要進屋子就進屋子。我在神桌下觀察，狗來站在客廳中央，東看看、西看看，那兩邊是臥室，牠決定往後走，那是進去廚房了。狗走了之後，有母雞帶來小雞一群，牠們在牆腳尋覓一下下，又都由原路出門去了，再來的是一隻鴨子，鴨子似乎對著神敬禮，說時遲那時快，一轉身，鴨屁股對著神，在客廳中央提供一堆大便，你知道嗎？鴨子在很放心時大便的神態非常悠閒，非常有尊嚴。我看了覺得自己是個神耶！……」

簡媜很會聽人家說故事，她更會認真說自己的故事。有一段時間，我們有些朋友，常在一起談話，什麼都談，當然也免不了聊到教育、教改，深入了之後，我們共同覺得，我們的教改預備工作沒有做好。例如，我們對台灣兒童的文化沒有深入的了解。我曾經想邀些真正關心教養態度與環境的人，來為台灣的兒童做現象的描述，跟簡媜提，她那清癯的面孔立刻一亮，但是，她什麼話都沒有說，兩三天之後，我在台東收到她寄來的幾篇文章，寫的便是《頑童小番茄》。我因此知道，她老早關心，而且用她特有的觀察，像她小時候蹲在神桌下，靜觀著，為我們描繪出一幅「文化子宮」實際運作的情境集錦。

英國的田園詩人威廉・華滋華斯有一句詩：孩童乃成人之父（Child is father of man），我十幾年來，都覺得它有深意，就是不明白它的好在那裡，最近讀瑪麗亞・蒙特梭利的著作《童年之祕》她的詮釋提供了我一個了解的通路：蒙特梭利認為父與母合作生下小孩，父親提供了精子，母親提供了卵子，而授精卵在子宮中成長為小孩，生下來：小孩是有精神性的精神胚胎，他必須生活在家庭之中、社區之中，在文化的氛圍裡慢慢成長為成人。瑪麗亞・蒙特梭利把小孩當做是一個精神胚胎，家庭與社區就成了一個「文化子宮」，成人是在文化子宮中成長的。這樣的詮釋算是解了我十多年來感動與迷惑。

簡媜對小番茄的描述，更重要的是她藉著對小番茄的活動，以現象學的描述手法，將目前社會的教養環境，特別是環境中文化的承傳與衝突、妥協，一層一層、一環一環，展示出來，她的筆鋒帶著主觀及明明白白的議論，絲毫沒有一點點假客觀及偽科學的成份。

真的，這些文字、這些描寫初看彷彿未經修剪、荒廢多時的花園，其中的野草、花朵、藤蔓糾纏成趣，叫人眼也開花；如果你看下去，目不轉睛，或許第二次再看，便會理出其中思考的軌跡，讓人深思，讓人有走在自然花草叢中的感覺。它不像一般的教養書，一般的教養書教人如何教養，描繪出來的精神庭園像是牆上、壁紙上的花朵，一朵跟著一朵，規規矩矩的排隊，讓人覺得除了規矩太多之外，不敢有一點點「破格」。

現在是一個專家的時代，什麼都有專家來提供解釋或解決。可是，真正深入的了解，尤其是帶著同情、同理、諒解、支持的觀察、分享的了解，常常來自文學家，不受專業模式化的努力。簡媜的《頑童小番茄》正是這種努力下長出來的果實。

寫到此，我在毛毛蟲基金會，身邊有些小孩，我念給他們聽，一個小孩聽了問說：「小番茄是水果還是蔬菜。」小孩們要我補這一段，他們說編輯一定會將這一段刪掉。

# 混血童年（自序）

我從未想過寫一本紀錄兒童成長的書，直到九年前，有機會陪伴一群焦慮的大人迎接一個哭聲幾乎震垮醫院的小女嬰誕生。那一刻，對忙碌的世界而言宛如百萬光年之一霎，但對躺在保溫箱內放聲大哭的紅嬰仔來說，卻是石破天驚的一刻。人生的旅程開始了，不管喜不喜歡，旅程內有一份名叫「命運」的行程規劃書，她必須遵守、經歷。當我看到她使盡全力哭泣，那一瞬對我而言也是天地俱搖的，因為我知道她已無所遯逃於天地間，我更知道那群迎接她的大人並未做好準備要與一個小嬰兒共同生活。她焉能不哭，生命是無法反悔的。

她，就是小番茄。

九年來，我站在遠處觀看她一步步蛻變、成長，每獲得現況，即紀錄在筆記本內，不時陷入思索。是的，她像一個奇蹟，從只會吃奶的小嬰兒長成可以與自己的命運面對面，並且學習處理悲歡離合的小女孩。

事實上，發生在她身上的事件，也發生在數以萬計的孩子身上。首先，她是「單親小孩」，在她尚未從嬰兒床內的「軟體小動物」長成「爬蟲類小麻煩」時，年輕的父母即以迅雷不及掩耳的速度離婚。她分配給一個被社會寵壞、從來沒修過「家庭經營學」與「父母學」的男人——爸爸，而且像大多數離異家庭一樣，大人們尚未學會處理婚姻破裂下的親子關係，小番茄從此與她的母親斷了音信。

根據內政部統計，台灣的天空下不僅山川面目愈來愈醜陋，怨偶也與日俱增。一九九三年，離婚對數首度突破三萬，到了一九九六，攀升歷史新高，達三萬五千八百七十五對，平均每十四・七分鐘即有一對「離婚成功」。（若把沒成功的加進來，很可能，在我們打一個噴嚏的時間內，即有數對夫妻分道揚鑣！）

我好奇的是，這些離婚家庭「製造」出來的單親小孩，他們是怎麼過日子的？如何處理自己的單親身世？更何況，當我們把非婚生子女及因天災人禍而喪親的孤雛加進來，只要想想無數的孩子在崎嶇的成長路上跌倒、受傷、垂泣的樣子，焉能不心驚？

末世紀的台灣，不是一個適合孩子居住、成長的島嶼。我們花龐大的社會成本整頓政治、經濟，結果養出一批批政治流氓、經濟累犯。大人們捨不得劃出十分之一座高爾夫球場大的草坡給孩子去打滾，我們總是最後才想到孩子，好像他們是廉價童工。在這樣的環境下，那些臉上長了一顆「單親痣」的小孩，心靈上的坎坷是不難想像的。

再者，小番茄也是「多親小孩」。這比單親更複雜，因為，她正好站在舊社會大家族信仰幽靈與新時代小家庭主義尖兵之決戰場上，兩套宛若天淵之別的教養功法汲汲然要在她身上落實。大人們不斷把截然不同的價值觀、倫理觀、語言、生活習性、文化認同丟給一個以純潔眼光觀看世界的小孩，歷經各種野戰叢林似的訓練，使像她這樣長於大都會的「解嚴嬰兒」（生於解嚴之後）身懷絕技，一方面提早學會運作人際、掌握自我的發言權；另則，在資訊、文化的吸納上十足是個貪婪的混血兒，他們將是沒有鄉愁的一代，幾乎從懂得抓遙控器朝電視亂按的一歲開始，即進入國際社會大網路，鬼鬼祟祟地趁大人不留神之時學會各門各派武功及價值觀。將由他們合力打造的未來社會是何模樣，我們無從想像，但確定的是，他們的童年史是台灣有史以來最具混血血統的吧！

置身於單親與多親疊印、骨董觀念與新派思潮激盪的社會大鼎內，從小番茄的成長之路，或許可以看到現代台灣兒童的局部身影。當然，促使我寫這本書的另一個理由是，一個自願扮演小番茄「娘娘」的年輕女孩，她無私地陪伴這粒調皮搗蛋的單親番茄成長，這份關愛，在功利社會裡已屬奇聞。我想，大人永遠沒有準備好要與孩子共同走人生之路，但不管如何倉惶，愛，將使所有的故事變得美好，如在眾神砌築的花園。

現在的小番茄已是個意見特多的小學生，她自有獨立、堅強的一面，因此勇於以自己的「思考成果」與大人論辯。譬如，有一回數學考九十五分，家中大老說：「怎麼沒考一百分呢？」她聽了哭起來，哇啦哇啦說，「九十五分已經很不錯了！」使得大人們不知該視之為「不思長進」還是「知足常樂」。

這位跟隨校園風潮正在養電子雞的番茄，也以同等態度對待那隻雞，她說：「傷腦筋哦，牠喜歡睡覺，不喜歡唸書，教育程度只有一格。」聽者試圖導引她：「妳可以教牠唸書呀，將來才有『前途』！」「No！逼牠的話牠會生氣，而且說不定會死翹翹！」

如此睿智，可能是社會新聞看多了。然而，像她這種小不點置身於群魔亂舞的台灣，的確不得不提早長大。震驚全國的白曉燕綁架撕票案發生後，小番茄緊張地以幾近命令式的口吻對娘娘說：「妳要請保全人員接我上下學，要不然我會被綁票！」娘娘敷衍她：「哎呀，不會啦！妳爸爸很窮，娘娘也沒錢！」

「妳怎麼知道不會？」她很生氣：「說不定我就是歹徒的下一個目標！」

在成長的高風險時代，這本書，寫給願意「撥冗」反省的大人看。

謝謝楊茂秀教授的序，他是我唯一認識的孩子王。

簡媜

一九九七年五月於台北

# 001

# 番茄是天生無憂的

「小番茄，妳幾歲了？」
「五十六歲！」
從這一天起，小番茄真的長大了。

# 年齡有問題

小番茄的家是個「都市遊牧民族」，倒不是她家有明確的原住民血統（不過，這一點很難確認，據揣測，她的前代祖輩們多少摻了原住民血液）；她家也不常遷徙，像無殼蝸牛一樣從東邊搬到西邊，從一樓搬到頂樓。稱之爲「遊牧民族」是指她的家人每個人都自成一個小部落，彼此的生活型態與價值判斷不盡相同。小番茄從出生那天起即周遊於各個帳篷，時常露出狐疑眼光，好像愛斯基摩人一覺醒來發現自己躺在撒哈拉沙漠的駱駝上一樣，嘴裡掛著「怎麼回事？怎麼回事？」的囈語。

讓我們開始來認識小番茄吧！她今年十歲，其實未滿九歲。長得還算漂亮，圓臉蛋、大眼睛，一副古靈精怪，可惜因先天弱視必須矯正，戴了徐志摩式的圓框眼鏡，她認爲眼鏡會使她看起來「老氣」，所以拍照時絕對不戴。跟同齡小孩比，小番茄算是高壯型的，一度被家裡的大人們暱稱爲「小胖妹」，她對這個綽號非常生氣，一副要跟人決鬥的樣子。這粒番茄的個性是大太陽底下萬物一目瞭然式，可想而知，她屬於聒噪、好動、活潑、勇於冒險，也就是常常捅漏子的小孩。現在，校園裡流行星座遊戲，小學一、二年級的小毛頭論起星座的架勢像在龍山寺門口擺攤數十年的老半仙，小番茄追隨流行，也滿口金牛、獅子、雙魚之類的。當然，她很坦白：「小心！我是射手座！」就算不諳星座諸如此類理論者，只要聽聽小番茄的特異功能，大約就明白「射手」之奧義。這小妮子粗手粗腳甚爲有名，有一回到親戚家，進門不到五分鐘，她把人家掛在牆上好幾年的一幅書法給踢下來，還把邊框弄崩了。這不恐怖，更誇張的是，她刷牙也能把盥洗鏡櫃給「哐噹」下來。照這麼看，她這位射手很適合去開怪手或搞革命，反正兩者皆是不可限量的破壞。

每個小孩能長到十歲都是不容易的，對小番茄尤其如此。倒不是指她身上自小沾上的毛病，如：鼻子過敏、弱視、牙齒長得歪歪扭扭……，而是她的單親身世擺在多親族譜上的混亂成長過程。

要詳實追蹤小番茄的故事有點困難。這樣吧，我們不妨用跳躍式鑽入時光流域來收視「都市遊牧民族」屋簷下一個小女孩的成長，就當作窩在沙發裡一邊聊天一邊看影集好了。

首先，從六歲那年開始看起，當然，實際上她未滿五歲。

年齡眞是很惱人的東西，如果你隨便問一個人：「小姐，這個這個……，請問您幾歲？」她要是脾氣不好，會這麼答：「什麼『您』，『您』你的頭啦！」要是性情宜人，或許這麼說：「那得看你問的是心智年齡、心理年齡還是生理年齡嘍！」（算了算了，當作我沒問。你心裡想。）對小番茄而言，年齡更是討厭得不得了的事，到底算六歲還是五歲？這兩種計歲版本，有一段時間很困擾她，一會兒有人很權威的告訴她：「已經六歲了還不會什麼什麼，羞不羞啊？」一會兒有人用另一種權威說：「妳連五歲都沒滿，不可以做什麼什麼……。」她後來靠一點小聰明摸索出應對之道，當虛歲派的人（及類似這一國的）問她幾歲時，她就比出六根指頭，用力回答：「六歲！」，當實歲派的（及類似這一國的）提問，她就精明的說出令他們滿意的答案。但是，天下事總有很多「但是」，譬如一個令她無法判斷屬於那一派的陌生阿姨或伯伯問她幾歲時，她會玩弄自己的指頭，伸出、按下，又伸出、按下，先試探性的回答虛歲版本，觀察對方的表情，若有需要，再回答實歲版本；「賓果！答對了，他是虛歲國的！」我猜小番茄心裡會這麼想，當然，她是不會用「賓果」二字的。

「這小孩是不是手指頭有問題呀？看過醫生沒？」某位來訪的阿姨優雅的啜飲下午

茶，問了小番茄的年齡，看她一直琢磨「一指神功」時憂心的問。後來的發展類似一語成讖，小番茄的一根指頭的一截關節有點問題，伸屈不太靈活，連醫生也不確定怎麼回事，只移近兩堵刻滿圓圈圈的玻璃窗，對她說：「嗯，小朋友，要多喝牛奶哦！」

天底下的事自有其發展的奇異軌跡，譬如「關節事變」爆發後，大人們的注意力轉移到求診問醫的方向，沒有想到是不是小番茄的小腦袋裡也有類似大人世界的「政策性重聽」、「政策性請病假」的詭計因而導致「政策性指關節不靈活」？我個人抱持強烈質疑的態度，因爲，從小番茄笑嘻嘻的回答「六歲」卻伸出五根指頭的狡猾手腕上，我懷疑這個小孩的「政治修養」恐怕超越她的家人。

讓我們一起參加小番茄的生日吧，大蛋糕旁邊放了兩個數字蠟燭，一是「6」，另一是「5」。負責採買的人因爲不敢自作主張所以騙蛋糕店的小姐說：「我媽媽六十五歲啦！」小姐非常客氣的給了「6」與「5」。然後，神情曖昧地盯著那個八吋米老鼠卡通蛋糕說：「阿婆蓋少年哦！」

虛歲派的堅持放「6」，實歲派的主張「5」；最後，騎牆派的爲了促進家族和諧建議雙重歲數承認，蛋糕左半球插「5」，右半球放「6」，中間讓出的那一大塊空地，可以放十隻噗噗熊在上面跳舞。兩個數字一起點亮，唱歌吧！拍手吧！照相吧！小番茄又長一歲囉！

吃蛋糕時，有人塞著滿嘴蛋糕問：「小番茄，妳幾歲了？」

小番茄毫不考慮的大叫大跳說：「五十六歲！」

從這一天起，小番茄眞的長大了。

# 新瓶與舊酒

「魚與鳥可以談戀愛，但如何築巢呢？」這句話通常被睿智人士用來苦勸兩個個性不同、文化背景迥異卻想要結婚的情人。箴言的力量宛如匕首，就算你不信服，卻很難避免在某些沮喪時刻想起它。甚至，你還會複製它，用來規勸周圍的人。

這句話放在新舊時代的相容上也行得通。就拿小番茄家來說吧，她的公寓型多代大家族簡直是各種觀念、信仰的集散地。兩位女大老（一位八十多，一位近六十）帶著農村時代「天人合一」的生活觀念進駐瞬息萬變的台北都會，離開了土地與莊園、親族與厝邊、雞鴨與牛豬、廟會與慶典，遂更集中火力的把那套人生哲學在家人身上實施。

我們先從小地方開始逡巡。拿空間分配來說吧，都市公寓房子的建築法是完全顛覆舊時代大家庭的生活慣性；不僅取消神龕位置暗示住戶進入無信仰時代，也把主臥室留給負擔家庭經濟的年輕人而不是用來奉養老邁雙親。每個房間的區隔暗示家庭地位的重新分配與強調個人自我的密閉主張。公寓房子無疑是現代人際疏離的成因之一，它所規劃的生活動線是鼓勵人離開家，到外頭的消費世界當信徒。

小番茄家的大老們從鄉下搬到台北時，簡直嚇得快哭出來。她們手上拎著過年過節揉粿用的大型竹編盤，其中一人拖拉一部四十年歷史的腳踏型縫紉機。這兩樣東西她們拚死拚活也要帶到台北來，竹編盤保留了祭祀慶典的信仰記憶；縫紉機是嫁妝，保留婚姻記憶及縫製孩子們的尿布、小圍兜、學生制服、洋裝的家族記錄。兩位大老顯然被公寓房子的格局激怒了，當她們知道所有的房子都是這麼蓋時，雖然臉上閃過一絲認命的馴服表情，卻立即明智的在既有的格局中重新賦予空間新的意義（不，應該說賦予「舊」意義）。原本準備購置大型沙發、電視的客廳，有三分之二必須保留起來。

「爲什麼？沙發很大的耶！」一位大人說。

「閉嘴！」大老嚴肅的說：「那是神的位置！」

所以，巨大的新神案搬進來了，莊嚴的供奉關聖帝君及歷代祖先牌位。大老們喜滋滋準備豐盛的牲禮，將新家地址（含詳細區里鄰戶籍，簡直是跟國稅局學的）寫在紅紙上置於神明眼前，全家捻香報告：「我們搬到台北來了，請祢們繼續跟我們住一起。很抱歉房子很窄，請祢們委屈一陣子，如果有能力，會換大一點的房子！也請祢們保佑厝內大大小小平安、賺錢。」

客廳剩下的空間不多，電視擠到角落，沙發換了特級小的，而且是經過死纏活纏才讓家具店老闆答應只買三二一組合中的三、一兩款。老闆頗通人情，他自己也是從鄉下北遷的，知道安奉神明後，只擺得下三、一款沙發。

這戶人家的晚間生活有點尷尬，他們坐在沙發上正視前方，恰好與威嚴的眾神們大眼瞪小眼，看電視得偏頭斜眼才能收視。而且由於有神祇監督，實在不好意思打赤膊在沙發上亂窩。還有，絕對禁止看不三不四的影片，以免教壞神明（神與嬰兒都是純潔的，不可汙染他們）。

小番茄誕生時，她的生辰八字也寫在紅紙上由大老捻香向神明報告，免得祂們以爲那來的野孩子而不予照顧。

# 算命的說

有件事情，大家都心照不宣，那就是算命。

據說女人比男人愛算命，其實不見得如此。女人比較坦然、誠實，上命相館像上美容院一樣，會哇啦哇啦跟朋友分享，並且立刻變成超級廣播電台，不厭其煩打好幾通電話跟姊妹淘詳述經過並且大力推薦，更熱心的，還幫你電話預約，親自「架」你去算一算。當然，自己也再算一次，反正人已經來了嘛。

男人也愛的，只是面子拉不下來，擺出一臉「莊嚴肅穆」的死樣子。不信這套的人也有，那眞是斬釘截鐵跟它有仇，男女皆然。大多數人無可無不可，聽聽也不礙事嘛，男人表面上不動聲色，其實轉明爲暗，偷偷摸摸改變衣著顏色啦、更動座位方位啦、戴個什麼戒指啦，或者從命相館出來時下定決心跳槽啦。

又聽說女人喜歡問感情、婚姻、家庭，男人最關心事業、錢財、名位。當然，進命相館時心裡一定有個焦點問題，要是這個問題甚爲擾人（譬如，嫁給那個人比較好？跟誰合夥生意比較妥當？罹患的疾病什麼時候痊癒？……），通常會像巡迴馬戲團一樣，找各門各派的命理師批一批。要是碰到見解紛歧，又會自動截長補短、去蕪存菁，專揀悅耳的部分記，這是人之常情。算命，最重要的是得到一絲希望、一份安慰，一幅可以預期的遠景，要是給出這些，你告訴他得再忍耐幾年，得多做善事積點德，他聽得進去的。有那麼一絲希望在，人承受災厄、艱困的潛力立刻增強，從這個角度看，對喜歡算命的人也不必投以異樣眼光，人總要不斷尋覓希望支撐自己度過迷陣，至於著重那個項目，不同階段會有不同焦點，似乎無法用二分法劃出女人重情感，男人重事業的結論。

不過，過度擴大命理的運用範圍，也會帶來許多啼笑皆非的狀況。譬如說，醫院裡剛生完寶寶的媽媽除了收到奶粉類廣告促銷函件外，也會收到命相館的廣告單，專門替小寶貝取個有好運道的名字。由於收費頗合理，有些父母不排斥依此方式給小孩取名字。想想看，命理師要幫那麼多小孩取名字，業務壓力那麼大，難道不會出現「想像力不足」或「可組合的字有限」的狀況？如此一來，豈不是取了一個看起來普普通通的名字？

有對夫妻爲了命名之事差一點在坐月子期間翻臉，長輩規定他們取名字的筆劃，夫妻倆翻爛了字典，發現只有「兩豆」像個名字，天啊！你忍心叫你的女兒「兩豆」嗎？這名字看起來跟「罔市」、「罔腰」、「水鴨」、「美蒜」有什麼差別？

小番茄出生時也經過這一番命名洗禮，當時，她的爸爸、媽媽根本被褫奪命名權。家中大老、大人各掏出自己信任的命相館名片（也因此，這個家的不為人知的癖好終於曝了光），彼此一陣脣槍舌劍，終於排出計畫表；由某大人先取幾個名字，再由另一位大人拿去命相館「複審」，再把複審後的名字拿給另一位命理師「決審」……，眞像百萬小說徵文比賽。總之，命理師「建議」最好連名帶姓三個字，但那位取名字的大人通通取兩個字，（喜歡嘛，有什麼辦法！）命理師熱心堅持應該要三個字（當然，一一替那些名字添加一字），那陣子，這戶人家好像唸咒語般嘀嘀嘟嘟用國、台語朗誦名字，經過一番掙扎，最後決定連名帶姓兩個字。這是什麼意思呢？意思是給命理師的錢都白花了嘛。

事情還沒了，大老又偷偷去算命了，眞可以用不畏山水艱險來形容這種「求道精神」。這次是預測小番茄一生大事的，諸如：以後是不是很會唸書啦？會不會年紀輕輕就跟人家私奔啦？是不是很好命啦？（這還用問嗎？生在一個人人見了小孩就自動做出奴隸狀的大家庭，會歹命嗎？）大致上說，還不錯啦，很聰明、很有福氣、有人緣（這種話不痛不癢的，誰不會講？）大老們呵呵呵樂得跟什麼似的，一副天下從此昇平的樣子。有個喜歡動腦筋但不幸常常在不當時刻動錯腦筋的大人說：「她好命，那一定是我們倒楣，要是以後大把大把鈔票拿去揮霍，自己又不事生產的話，那她當然是最好命的人嘛！我說得對不對？」

這個大人被圍剿的慘烈狀況，就不必細述了。得罪一個無邪的嬰兒，像得罪神一樣不可饒恕。

命理師不知基於何方妙論，說小番茄在十來歲以前不可吃牛肉，以免壞了慧根。天啊！這戶人家從此禁止一切跟牛有關的食物，而小番茄最早認得的字就是「牛」，大老堅持讓小番茄自己提防「牛」物入侵。

有一天，小番茄堅持把一罐沙茶醬丟掉，因爲它是「牛頭牌」。

# 在孩子床前下跪告解

有時，無辜的大人們很想集體聚在嬰兒床前，向熟睡的小天使告解：「社會變得這麼亂，也不是我們的責任；沒有綠地草原給你遊戲，我們也沒辦法；還有，爸爸媽媽都必須工作，你一定會孤單寂寞，那也是很無奈的事，請你自己努力吧！」

唉！大人就是常常抱著罪惡感、有告解衝動又無力扭轉事實的一種人。

所以，他們的贖罪方式是「百貨公司搬運法」，掏出信用卡，往玩具部、童裝部一站，東西南北指一下，說：「這幾樣不要，其他的統統包起來！」於是，小孩就變成倉庫管理員。現在更不得了，五、六歲的小孩在家中已有專屬的錄影帶、音樂帶櫃、童書櫃，有的房間裡還擺上電腦。開玩笑，比設備的話，怎麼可以輸給別人。有句廣告說：「不要讓孩子輸在起跑點上」，甚爲聳動，只是沒說清楚往那裡跑？不過，大人也管不了那麼多，方向對或錯、結果好或壞，誰也無法預測，社會提供的育兒趨勢是殘酷的，不跟著跑，又擔心孩子將來會跟群體扞格（他長大後的社會從現在起即根據同齡者的成長模式逐漸醞釀成形，他終究必須進入屬於同代的社會實況去生活，除非，有人能保證他可以不經過群體的社會化洗劫，依照其一貫的成長風格無憂無慮過一生）。然而，若讓孩子跟著趨勢跑，又忐忑不安，懷疑是否會成爲實驗品（甚至是犧牲品），心中的罪惡感更加深刻，但是除了從辦公室掛電話到保母家噓寒問暖外，大人實在無法辭職在家專心陪孩子長大（計算機很誠實的告訴你房屋貸款、保險、分期付款……的數目）。老實說，連晚上完整的說一個故事的時間都不太可能，你得趕企劃案或繼續處理白天沒辦法做的各種很重要的雜務。

那麼，打個商量吧，媽媽辭職在家陪伴小孩長大，爸爸則必須想辦法負擔媽媽辭職所損失的收入。這法子看起來合理，卻又充滿諸多歧見。媽媽也有自己的人生規劃，她好不容易比她的媽媽幸運碰到女性可以在社會上憑本事一展長才的關鍵時代，要她完全放棄做專職媽媽，等於是自行了斷另一種人生的機會，心裡豈能不翻覆？而且，來自女性同儕的潛在競爭壓力亦令她徹夜難眠，聽聽這些話吧：「好可惜，她當年是我們班的才女，現在啊，在家帶小孩！小雯，聽說你們公司要派妳到香港當副總裁，恭喜恭喜。還記得蓉蓉嗎？她現在是××大學××系最年輕的系主任！」類似這種談話版本，常常在同學會或電話中出現，不會有人認爲放棄工作回家陪伴小孩是一件比當副總裁、系主任或科長、處長……更了不起的成就。難怪媽媽內心掙扎，暗自垂淚。她可能在一次不經意的情緒起伏中，對孩子的爹說出這樣的話：「爲什麼全是我？孩子姓你家的姓，爲什麼要我犧牲這、犧牲那？爲什麼你不能辭職帶小孩？你從來沒有替我想，從來沒有！」

這場面有點像八點檔連續劇，不過，恐怕比連續劇收視率還高。

「妳簡直無理取鬧！妳有聽過男人辭職回家帶孩子嗎？」孩子的爸也控制不了情緒。

朝著這種吵嘴模式往下寫台詞，十之八九會寫出驚天動地卻又常常成眞的兩個字：「離婚！」這麼說來，每一戶平平安安通過暗礁的家庭，都得感謝幸運之神的眷顧。

以前的人說，生個小孩有助於夫婦感情融洽；現在看來，會不會更融洽因人而定，破壞原先的生態平衡倒是眞的，若想面面俱到取得新平衡，最簡省的方式還是從辦公室打電話到保母家噓寒問暖，再掏出信用卡，當「百貨公司搬運工」。然後，月黑風高時，在孩子的床前下跪告解。

# 單親小嬰兒

每一個孩子都應該被祝福，這句話延伸開來，就是每個人都得到過一份祝福，因爲，大人也曾經是孩子。

然而，當昔日「含在嘴裡怕溶了，捧在手上怕碎了」的小天使終於不負眾望踏入成人世界，輪到他給另一個孩子祝福時，事情卻變得有點艱難了。有人用「殺戮戰場」來形容成人世界，這種形容的確讓人興起「一頭撞死算了」的衝動，不如改用「風雲詭譎」叫人舒坦些。不管怎麼說，假設每個大人都有祝福孩童的初衷，最後之所以做不到，不是初衷已變，而是變化莫測的大人之路，令他們連自己都陷入風雨交加的困境內，哪有閒功夫呵護墜入凡間的小天使。

所以，場面實在很難收拾。譬如，夫妻倆口角得天翻地覆，搥桌子、摔花瓶，哭喊的哭喊、熱罵的熱罵，中場休息時，對躲在沙發背後抱著洋娃娃發抖的孩子說：「寶貝，爸爸愛妳，明天帶妳去陽明山摘星星好不好？」或「小心肝，媽咪最疼你嘍，我們坐飛機去日本看櫻花好不好？」瞧，多麼溫暖的語句，多麼充滿愛與祝福；可是，孩童大概很難忘記被爸爸揍得瘀青的媽咪的臉上，那抹帶著淚痕的微笑吧！

天底下極醜陋的事件之一，就是爸爸與媽媽在孩子面前吵架、打架，簡直嚴重妨礙小孩的成長樂趣。因此，每個社區在開闢社區圖書室、小公園、交誼廳之外，應該加一間「夫妻相鬥包廂」，專供需要大吵特吵的夫妻使用，收費以小時計，比照停車計費規則。這樣，至少可以稍微保障孩子的耳根清淨。而且，也增加社區基金的收入。

生在舊式大家庭裡的小番茄是個幸運的孩子，但也跟現代許許多多小家庭的小孩一樣「不幸」——她的爸爸媽媽在她出生六個月時離婚。或者，這也可以說是不幸中的大幸，因爲當兩個大人爲離婚之事搞得烏煙瘴氣時，這粒番茄照吃照睡，努力適應換奶後的新生活，沒瞧見大人世界的「嘴臉」。

根據統計，八十五年台閩地區離婚率攀升新高，平均每十四．七分鐘即有一對離婚。爲什麼離婚？每一項理由都言之成理，譬如：個性不合、感情走私、事業不順、EQ太差、賺錢能力比花錢能力低很多、房子漏水、沒有停車位、睡覺打呼、工作不努力以至於努力找工作、有暴力傾向……。每一項都可以演變成不共戴天之仇的怨偶。

不管怎麼說，婚離了，小番茄歸爸爸養育（雖然，她長得跟媽媽簡直一個模子，標準的美人胚），這個事實一旦蓋了章，就像河水入海一樣喚不回來。但離婚的後遺症並不會隨著遷出戶籍、搬清衣物而消失，它像一頭隱形的猛獸，自有呼吸與情緒，隨時埋伏在小番茄成長的路上，等著攻擊這個學說話時少了「媽媽」兩個字的小天使。

猛獸最常附身在大老們身上，她們不自覺陷入舊時代婚姻美滿的神話裡，像個訓導主任——而且是記憶力特好、反省能力高強的資深訓導，幫那對離異的年輕人反省他們的過失（當然，不是反省訓導者自己的，要是這樣的話，就應該叫「告解」而不是「訓導」）由於爲了向親戚五十、朋友七十具體且完整的報告〈顯微鏡下離婚病毒入侵引起家庭風波之始末研究〉這篇論文，大老們當然需要天天練習，後來連報告的時間及過程轉折、事件舉隅、語氣鏗鏘，都達到一致的水準。連旁聽的大人，都知道在訓導主任講電話報告論文忘了下一句時，提示接諸如「洗衣機故障」那一段。

「可憐啊！生作這麼古錐，沒有老母，小番茄，怎麼辦？妳沒有老母了知不知道？妳以後跟人家不一樣，別的小孩有老母疼，妳沒有老母疼，我們對不起妳，妳以後怎麼辦？」大老傷心時，就會抱著小番茄叨叨絮絮抒發胸中塊壘，當然，旁邊一定擺著一盒舒潔面紙。

小番茄的爸爸那陣子以工作為由，頻頻赴外縣市出差，他似乎有點怕回家，面對小的小，老的老。

有一句話說，上帝關了你的門，祂會在別處幫你留一扇窗。這話真溫暖，對小番茄而言，似乎應驗了。也不知道是小番茄遠去的媽媽的禱告生效，還是上帝實在受不了大老們夜以繼日的一把鼻涕一把眼淚，祂替小番茄留了一扇窗。

這扇窗可以稱得上「創意之舉」，小番茄爸爸的親妹妹，也就是她的姑姑之一，當時剛從學校畢業不久，已在工作，未婚，跟家人同住。她是那種會暗中思考對策主動幫別人解決問題的「好女孩」，有一天晚上，她下班回家，一把抱起小番茄向大家宣佈：「從現在開始，我是小番茄的『娘娘』，『媽媽』永遠是生小番茄的那個人，她現在沒有媽媽可叫，用『娘娘』來代替吧！」

從此，小番茄有一個「娘娘」了，這個娘娘完全挑起「媽媽」該做的事。這是在小番茄七個月大時發生的事。

小番茄會說的第一句清楚的話是：「娘娘，我便便了。」

# 娘娘變身

澳洲最有名的動物是袋鼠，娘娘二十二歲生日那天，收到的最特別的禮物即是玩具小袋鼠，有沒有搞錯啊？這年紀的女人（嚴格說應是「半生熟女人」）應該送她C.D.香水、蘭蔻日霜或香奈兒口紅之類的比較適合。女人的胭脂水粉之路，絕對不排斥善男信女們以舶來化妝品進貢的。不過，娘娘這小女人倒是很高興收到小袋鼠，原本她想利用休假與好友赴紐澳一遊，由於放心不下襁褓中的小番茄遂作罷。袋鼠禮物除了濃縮澳洲風情聊以神遊一番外，也標示她的人生從當小番茄的「袋鼠娘娘」開始轉捩了。

人與人之間的關係眞是一張充滿密碼的網，有時，很難用既有的知識去解釋某些超乎常理、常情而發生的特殊關聯。譬如小番茄與娘娘，她們原是不痛不癢的姑姪，卻急轉直下變成母女（雖然不是親生母女，但「娘娘」之名與實際上的褓抱呵護，已是母親與女兒的關係）更妙的是，母女關係的發生是在小番茄六個月大而娘娘未婚的狀況下開始。如果小番茄四、五歲才遭逢父母離異，或娘娘已結婚生子，她們的關係模式與情感屬性都很難達到母女標準。難怪來訪的親友，看到娘娘從辦公室請假三小時回家抱起發燒的小番茄，撐傘走出巷子往診所奔赴時，搖頭而嘆：「小番茄生來給她當女兒的，上輩子一定緣分未了，兩個人講好的，這輩子還要當母女！」這說詞雖無法驗證，但浪漫得讓人心頭溫暖。

娘娘長得高䠷，屬於吃苦耐勞型。由於排行較末，從小在手足甚多的家庭裡較不被重視，尤其又是女生，她的父母原本期待這一胎是男的，謎底揭曉當然心情落寞，娘娘自小即以近似自己想辦法長大的模式成長，好東西輪不到她，勞動事件卻少不了一份。娘娘的童年心理活動沒人知道，後來她提及小時候一直以為自己是「養女」，常躲在後院榕樹下哭。這些經驗使她朝較好的方向蛻變，她很早就顯現獨立的性格與條件（不管精神面或物質層次），她的觀念裡沒有「別人應該給我什麼」這一條，包括父母與手足，在她認為，不應該懷藏要從他們身上取得什麼的念頭。娘娘靠她特有的熱誠氣質與捨得給予的行止，擁有很多朋友，她逐漸變成一個內心世界豐實且樂於給別人帶來呵護與驚喜的小女人。當然，她的缺點也不少，譬如有時過於固執己見，對辦公室裡不負責任混薪水的同事白眼以待（人家又沒惹她），早上需兩個鬧鐘幫助才能起床（最不可思議的紀錄是，某次打算出國度假，飛機七點起飛，她七點才起床）。還有，喜歡管人，自己偏偏不喜歡別人管她。勉強稱得上優缺點參半的是，她屬於「熱戰型」，脾氣來得快去得也快，像「絕交」、「一輩子不跟你講話」、「你的事我再也不管」等需要長期意志力的事，對她而言永遠是做不到的。這樣的人很容易走上兩條路，一是變成「火焰般的烈士」，一是成爲「浪漫的砲灰」。

但是，如果人世間缺少烈士性格與砲灰胸襟的人，那還眞有點乏味呢。

娘娘剪掉一頭長髮，爲了更俐落的跟小番茄耳鬢廝磨。她不再穿著淑女衣裙、戴叮叮噹噹的飾物，搖身變成類似選手村集訓運動員的輕便打扮；她開始狂熱的逛嬰兒用品店、玩具店、跑書店找育嬰大全，並且忽然多出一隻耳朵宛如雷達捕捉任何有關養兒經驗的對話，她更精於在公車上、餐廳、診所候診室對陌生媽媽們進行田野調查。

一個女人如何自我訓練變成母親的？爲何她從能嗅聞香水階段性香味而變成嗅出嬰兒大便裡隱含的訊息？爲何現在她那麼在意飄揚的長髮會引起小番茄不適而曾經她花費大量心思只爲了保護一頭令人羨慕的秀髮？她也不留指甲了，以免藏汙納垢對小番茄有害。

眞是令人困惑的轉變，女人的心裡是否有一個祕密按鈕，只有小孩的手才能啓動？

不過，擺開生子後母性自然流露的層面，換個角度來看，其實，沒生過小孩的人不見得就缺乏襁抱之愛。不論男女，有些人似乎天生具有孩子緣，再怕生的小孩見了他們，都願意投懷送抱，這大約跟他們身上的荷爾蒙分泌有關吧！只要這些人不拿這項天賦做壞事（譬如：偷抱、拐騙小孩），這種孩子緣是會引來周遭羨慕的眼光的。

話說娘娘上小學的時候，她那能夠招引小蝴蝶、小蜜蜂的才華即已充分顯露。她班上導師的小孩每天都溜到教室來找她而不是找爸爸，連娘娘要上廁所也亦步亦趨跟著，唯恐她棄他遠去。至於鄰居小孩，更不用說，什麼阿文哥、阿興哥（年紀小者而稱哥，是鄉下普遍的暱稱習慣），一天到晚跟在娘娘屁股後面晃來晃去，簡直快攪不清楚他們家在哪裡了。

然而，母性過於豐沛是要付代價的。有一天，娘娘的男朋友打了一通跟小番茄有關的禮貌性抗議電話，次日兩人又進行禮貌性攤牌，子夜回家時娘娘的臉色不太好看。抱著小番茄餵牛奶時，她用很壯烈的聲音說：「吹就吹嘛，有什麼了不起？他居然說他不是開孤兒院、救濟院，就憑這句話我跟他吹三輩子！哼！」

出人意料，娘娘眞的跟他吹了。這世界還是需要烈士與砲灰，上蒼會保佑他們的。

# 小番茄的「旅行團」與「進香團」

很多人有共同的經驗，小孩出生後，迫於現實因素，譬如夫妻倆都在上班，不得不把「嬰兒包裹」托給社區附近的保母或親戚朋友中以照顧小孩爲副業的，或運送回婆家給婆婆帶、娘家給老娘帶，逢假日再回去當罐頭媽媽、利樂包爸爸，免得小寶貝將來喊親生爹娘「叔叔」或「阿姨」。

說起來，不由得納稅義務人抱怨了，賣力工作、誠實繳稅不打緊，政府總該替勞苦功高的小老百姓解決托嬰問題才像話嘛。從某個角度看，我們這個社會到處充滿把人「推入火坑」的驚悚遊戲。譬如：一堆人慫恿妳去結婚，等妳結了，又鼓勵妳生小孩，等妳生了，這下精彩了，他們誰也不會幫妳帶，只會非常沒良心地對妳說：「什麼時候再生第二胎呀！」看看周圍的同事、朋友每天被托兒問題弄得愁眉不展，簡直像牛車跌入沼塘。

前陣子報上登求子心切的保母殺了正在坐月子的產婦、奪其子據為己有的慘劇，害得把孩子托給保母的職業婦女陷入恐慌。她們其中，有一個想出驚人的防治之道，索了保母的生辰八字，找命理大師仔細端詳，確定她沒有暴虐傾向或精神異常的危險，才稍微放心小孩的安危。這種義和團式的作法，居然被其他人採用，用電腦輸出保母們的命盤，上頭五花八門註明了「軒軒保母的」「小潔保母的」……，眞是令人望之興嘆。（其實，最應該輸出執政當局的命盤，看看有沒有輕視兒童傾向！）

小番茄是幸運的，她的家庭屬四代同堂，在現代小家庭公寓社會中是「一級古蹟」。她的爸爸跟媽咪離婚的原因之一，跟這件古蹟有關，小番茄的媽咪受不了四代同堂的屋簷下沒有私人生活自由。但她似乎忽略了，正因爲眾多人手組成的「支援團」使這對夫妻從結婚到產子過程中的大小件俗事，都被「分工」掉了。

每一種選擇都有利弊，很難說對錯。對重視小家庭單純生活品質的人而言，要他們承受兩代或多代家庭生活是一種酷刑；但對能經營和諧親族關係的夫妻而言，多代共同生活反而有意想不到的收穫。譬如，跟大老或兄弟姐妹打聲招呼，小兩口度假去了，無需操心小孩有沒有準時餵奶；或碰到小寶貝生病住院，家人立刻自動輪班，不克前來的，還每天五通電話問「有沒有好一點？我剛剛去求過菩薩了！」大量的愛與關懷川流不息，使人覺得自己不是孤單的面對人生中的困境。

小番茄的父母離婚那年冬天，不知何故小寶貝得了腸炎，住院比較好。醫院的人大約是看「小孩」的面子，沒把她的三代親人趕出去，這些「支援兵團」包括：曾祖母、祖母、爸爸、娘娘、大姑姑、二姑姑、大叔叔、小姑婆、小姑丈公、小帥表哥、大叔女友、娘娘男友……，眞是族繁不及備載。

由於他們分爲輪班組（名副其實的『駐院』）與外勤組（運送特殊伙食、用品等）與探視組（機動性到醫院打氣、說溫暖的話、逗小孩大人開心，跟隔壁病床的人聊天以祕取各種育兒寶法或疾病防治之道）與許願組（住家三公里以內的廟宇都去了，包括自家神明、祖宗）。當然，家裡一定有通訊組，全天候守住兩隻無線電話，並隨時Call各組執勤人員的嗶嗶Call及大哥大。連小番茄打幾瓶點滴、今天會笑了、護士來幾次、醫生來幾次、隔壁病床的小孩的爸爸昨晚有沒有來……，都透過通訊網路傳達清楚。

醫生說：「你們可……可以出院了。」

「啊！這麼快？再住幾天比較保險吧！小孩的大姑婆、大姑丈公今天下午要從宜蘭來看她呢！」

「噢……嗯……這個這個……你們眞的可以出院了，那，好吧，明天早上出院！」

醫生說。

小番茄出院時，那場面有點像「旅行團」載譽歸國。接著，是大規模的還願活動，那場面，像快樂的「進香團」。

# 跟小人算帳

不知道有沒有人統計過，一個嬰兒自出生到三歲爲止，一共「喝」掉多少罐奶粉？用多少片紙尿布？報廢多少小人衣服、玩具、螃蟹車啦、推車之類的？照顧多少家小兒科的生意？恐怕不太容易統計。因爲先就硬體設備已不知揮霍多少白花花的銀子，如果加上「軟體」方面的人道獻金——譬如，一條皺紋抵兩百元（因爲你必須買滋養霜除皺）、一莖白髮抵五十元（太多了，算便宜一點）、血壓升高一度抵一千元（這項很可怕，不打折）……想想看，你不得不嘆息生小孩是一樁「既恐怖又美麗」的錯誤！難怪某位剛取得母親執照卻罹患產後憂鬱症的年輕媽媽一直無法根治憂鬱傾向（她的病症因產後身材「坍方」變得很複雜），也難怪小番茄的姑姑在寄童裝包裹的信上不小心流露潛意識底層洶湧的邪念：

「一口氣買了好多件。因爲厲嬰房正在打折……。」

啊！「厲嬰房」！這……未免太……太……

這封信因說中某幾個「不肖家人」的心事，被釘在飯廳旁的家庭布告欄上（旁邊亦釘著水電費待繳帳單、日用品待買清單、打預防針警示單、小番茄腹瀉紀錄表、奶粉尿布採購單、各小兒科醫療成效評估表……）。

這位住在別處的姑姑，依照家庭成員隔週必須會餐的規定回來，她是那種不識時務卻自詡爲俊傑的「秀逗精英」，以爲自己替小番茄買了那麼多衣服，應該有助於提升在家中的地位（這個家的大老們，非常歧視超齡未婚的閒雜人等。奇怪，就這點而言，完全沒有省籍差異）。

然而，豐盛的晚餐桌上，居然沒有人贊賞她的義舉！開玩笑，雖是打折，哼不攏通加起來也要四千多元咧，可以買多少張CD啊！她滿口咀嚼青豆蝦仁，愈嚼愈快，終於忍不住用一種狡猾的口吻對當時仍坐在螃蟹車內，雙手抓取塑膠碗內的大貢丸、發出小人的怒聲以制止貢丸滾動的小番茄諂媚的說：「怎麼樣，小寶貝，喜不喜歡姑姑買給妳的新衣服呀？好多好好看對不對？」

（嘖嘖，犀牛臉皮、鱷魚臉皮——有個大人心裡嘟囔，假裝用力嚼炸雞腿，以掩飾他的不屑。）

另一個大人——他最擅長那壺不開提那壺，一面舀湯一面很誇張的嘆氣：「唉！沒生過小孩的人就是不知道小孩『長』得什麼樣子？」

你聽聽，什麼話嘛！這位大姑姑變臉了，一口氣爆出一串話：「照你這麼說，沒種過田的不會吃飯，沒死過的不會生病，沒唸過書的不識字（咦，這項不算，她立刻改口）沒……沒發生關係的不會生小孩囉……！」

（最後一項，好像也應該不算吧！）

這就是大人的「口角相撲」品質，愈扯愈遠，而且火氣可以爆一桶玉米花。

有個較溫馴的大人，用卑微的語氣字斟句酌地說：「事實上，衣服都很好看，如果是三個月前，我們會很高興小番茄擁有這麼漂亮的衣服！」

這時，火爆大姑姑講了一句本年度最睿智也最駑鈍的話：「笑話，三個月前能穿，現在不能穿啊！」

（這種人應該送到「嬰兒先修班」聽課，讓她牢牢記住，小孩是身體快速變大的一種軟體尤物。）

「那些衣服都送給親戚了。而且，我們覺得身為大人，不宜『侮辱』兒童……。」

說的也是，「厲嬰房」，筆誤也不該誤得這麼厲害吧！

大老之一，察覺到這時候應該出來做結論：「養兒不惜本，當年……今天……有你們嗎？……我有要求……孝順……養大了……誰記得……」每次都變成「莒光日」訓話！

由於大家都不喜歡「莒光日」，紛紛吃飽求去。有個大人主動抱起小番茄去浴室擦手，大聲讚美：「我們小番茄最會幫家裡省錢了！」

咦，是這樣嗎？爲什麼？大家一臉困惑。

「如果她是做三次試管才成功的寶寶，請問要花多少錢？今天，她靠自己的努力出生，不是省了二、三十萬嗎？換句話，我們欠小番茄二、三十萬呢。怎麼樣，有意見嗎？」

沒意見，不敢有意見，閉嘴閉嘴。

# 圓圈圈問答題

跟小人打交道雖然有迷人的時刻，但我們必須互相承認，一旦他們開始啓動觀察力、思考力，大量以撒嬌兼撒野的口吻問「爲什麼」而你實在答不出來時，你眞想以溫柔的手勢塞一粒青蘋果在他們嘴裡，以獲得短暫的逃避快樂（很多大人的多年修養，就是因爲這樣而「破功」了）。

天曉得他們的小腦袋從什麼時候開始像星球一樣轉動起來？憑良心講，當大人發現小人突然透露他們的思維訊息時，的確立刻陷入狂喜的情緒（至少證明奶粉沒白餵）！

拿小番茄做例子，她滿周歲尚未學會講話、只會用充滿起伏的咿哇啊啦……表達意見時，有一天晚上，家庭全員聚餐後的閒扯時刻，她忽然纏著大人抱，用她的手指頭指揮「司機」在各個有人的房間打轉（她一手勾著懷抱者的脖子，一手指揮，那樣子的確像把大人當「交通工具」使用）。抱她的大人有點煩了，哼不攏咚唸了一堆跟小番茄有關的物件，以為這傢伙在找東西。都不是。她很焦躁，想表達某些想法而大人太笨了老是猜不中，她的「外邦人語」：咿哇啊啦愈來愈急，還扯「司機」的頭髮（這個肢體語言勉強可以翻譯：笨哦！虧你還叫「大人」）！抱他的大人實在沒什麼耐性，三轉兩轉又轉到電視機前觀賞影集，這粒小番茄當然對這麼不敬業的司機表達更強烈的肢體語言，司機大人的脾氣竄起來了：「不要拉我頭髮，很痛呢，妳要害我禿頭啊！我禿頭對妳有什麼好處？」

這時候，小番茄大概理解這輛車「爆胎」了。她很樂於換另一部性能較好的高級車，繼續圈著新司機的脖子、指揮他轉來轉去。

她到底在找什麼？如果她要找的是一樣東西，譬如：玩具熊、小皮球、母雞音樂鈴、奶嘴……很容易會發現，雖然大人物件與小人物件五花八門攪在一塊兒，還是很容易區分的。我們的腦子裡有一個善於分類建檔的精靈，它隨時把大人的生活與小人的生活分得清清楚楚，你根本不會拿起釘書機、砧板、絲襪，問小番茄是不是在找這個。

但是，如果她要找的是「一件事」呢？那就傷腦筋了，你聽不懂她的伊哇啊啦語，她不會說你的嘰哩咕嚕語，簡直急死了。一件事情，通常隱含說理過程及討論空間，它不像一樣東西，「是」與「否」而已。

新司機警覺到小番茄在找「一件事」——她一定發覺某件事情不太對勁，她想知道爲什麼？由於不會說大人的話，她必須用原始的程序指出那件事情的來龍去脈，這就是她焦躁的指揮司機轉來轉去的原因吧！

想想看，如果你是小人，要問：「爲什麼陽台上那棵樹是溼的而後陽台那件衣服也是溼的？」你怎麼辦？

在這裡插播一個笑話。很多人出國觀光都有相同經驗，語言不通想做什麼事都不方便。吃飯、購物、找盥洗室，只好各憑本事「溝通」。有個朋友到法國，上餐廳想吃鵝肝醬，不知道怎麼講，急中生智，在紙上畫了一隻鵝，侍者恍然大悟露出微笑，果然端出他要的佳餚。還有個朋友到美國觀光，早餐想吃荷包蛋，你猜這位六十歲的台籍人士怎麼跟金髮碧眼的女侍表達？他指著隔壁的隔壁桌上某位人士餐盤裡的蛋，然後將自己的兩掌向上快速晃動，嘴巴發出「啊啊啊」的聲音……。這意思是：會晃來晃去的蛋。沒多久，兩個「妖艷」的荷包蛋送到他的面前。

回到小番茄身上。這個小人開始用肢體語言「敘述」她的疑問了：新司機轉到一個房間，她立刻要房裡的那個姑姑抱，然後指揮姑姑到主臥室去，那裡有幾個人圍著兩位大老正在聊天，小番茄溜到床上，拉起大老的左手，扯她手腕上的玉鐲，接著又來扯姑姑手上的玉鐲，小番茄顯然對玉鐲很好奇，她的小臉蛋浮現一種思考的表情。這下子大人都猜到了，小妮子搞了老半天要問的是：爲什麼家裡這麼多人，只有這兩個人手上戴著圓圈圈呢？

比較讓人驚訝的是，大老是跟小番茄一起生活的，因此，顯然她對大老身上的配件已做了紀錄；而那位姑姑偶爾才回來吃晚飯，小番茄今晚發現她也戴圓圈圈，遂產生疑問，那表示小腦袋準備修改紀錄，她需要更多資料，以便把「只有大老戴圓圈圈」改成「有兩個人戴圓圈圈，因爲她們都是……」

好了，這就是問題所在，大人怎麼跟小人解釋：什麼是玉鐲？爲什麼只有兩個人戴玉鐲？爲什麼要戴？

這時候，你才發現，對習以爲常的事情，其實你知道的並不多。

# 什麼人講什麼話

語言像一面鏡子，可以照出使用者的成分與位階，透露其成長背景、文化累積、知識水準、社會經驗及性格情感。人從生活中不斷吸取新語彙，用自己的方式移植或迻譯藉以豐富言談，如此一來，語言不獨是映照使用者的鏡子，它更像探針，測出當時的社會現況。

舉例來說，五年前，你跟你那做田的父親說：「阿爸，厝內裝『雙胞胎』好不?」他一定聽得「霧煞煞」，啥號作「雙胞胎」?現在，他不僅懂了，而且會建議下棋泡茶的老朋友也裝「雙胞胎」型冷氣。十年前，如果有人這麼講話：「客戶要抓狂了，你的idea根本不work嘛!」你大概覺得這個人該到耳鼻喉科檢查一下舌頭。當然，對靈異之學有興趣的人，會說這人可能被紅毛鬼附身了。

現在不一樣了，我們的語言匯流情況，像海水、河水、雨水混在一塊兒了。你不難聽到中、英、台語的三色拼盤，剛開始也許只夾帶幾個關鍵字，現在乾脆以句爲單位，自由轉換跑道，有趣的是，聽的人都懂。

小番茄的家族來自宜蘭農村，當大人們還是小人時，都是在田野間瘋大的，在家也以母語交談，這些語言習慣挪到都市來，有時是以近乎游擊隊攻佔據點的方式搶先登陸的。譬如，公寓房子的前後陽台，大老把後陽台叫成「後壁溝」，那是農村後院養雞、鴨兼水井的所在地，而公寓的後陽台通常是放置熱水器、洗衣機及晾晒衣服之處，功能與農村的「後壁溝」不太一致，但大老搶先命名，規則就定了，大家自然而然用國語講「陽台」，用台語叫「後壁溝」，從來沒弄錯。依此類推，廚房叫「灶腳」、客廳叫「大廳」，臥室則幸運地沒被更動，大約是農村不太重視臥室吧，反正是睡覺的地方，怎麼叫隨便。至於「微波爐」、「焖燒鍋」，因屬新時代產物，大老沒能力替它改名換姓，只得接受，並且很自然的說出：「灶腳的焖燒鍋裡面有肉！」這款句子。

小番茄暴露在這種語言環境裡，從剛開始學講話起即是雙聲帶，這眞是奧妙，小不啦嘰的人兒怎麼學會語言的？尤其，在她的學習期，各路人馬以國、台語毫無章法的在她面前發音，大老們用台語說鼻子、耳朵，有個大人用國語講鼻子、耳朵，另外一個大人可能採「一中一台」講鼻子、耳朵，小番茄（或像小番茄的小人們）怎麼弄清楚遊戲規則的?然而，結果就是這麼美妙，小番茄隨時切換頻道，一段話講下來，多中多台，而且自動調節關鍵處，她會用台語講「蟑螂」，用國語講「臥室」來描述一隻蟑螂跑進臥室這件事。

有一天，她跟大老描述在麥當勞吃漢堡的情形，哇啦哇啦講了一半，突然自己拍拍小腦袋笑起來：「我忘了，要講台語你才聽有!」

大人們很驚訝的發現，小ㄚ頭已經知道跟什麼人講什麼話了。

*002*

# 調皮是番茄的本能

「養樂多日金」發放制：一天只能喝一瓶。

第一天，做到了。

第二天，有點困難但也終於做到了。

第三天，小番茄把養樂多喝得只剩

**2**瓶。

## 「養樂多日金」發放記

讓我們溫習一下吧！當護士從產房推出玻璃寶盒（保溫箱）呼喚產婦家屬時，原本坐在產房外那排塑膠椅上而地上堆著一大包產婦用品的家屬，一定像箭一般狂奔上前，如聆聽聖旨似的虛心牢記護士的簡報。

那些對話是這樣的：「男的女的？」（其實早就知道，還要再確認一次）、「多重？」「平安？好好好……」、「幾點幾分？好好好，沒有錯哦？」「什麼時候可以抱出來？好好好……」、「嘻！他（她）在動耶，啊！眼睛跟我們家好像哦！你看嘴巴，哈哈哈，跟他爸爸一模一樣！看，又在動了！好可愛喲！」

然後，大家露出感激的笑容，互相擁抱，分頭感謝上帝、佛祖或註生娘娘。當然，有人立刻捧著一堆銅板霸住公共電話，如果你在他旁邊，不難聽到：「喂，三姑，生了，七點四十八分……」「喂，大姨，生了，七點四十八分……」「喂，二伯，生了，七點四十八分……」。然後，有一天，你發現大人對這個小天使說：「不要亂動！我叫你不要亂動聽到沒？」

「不要動，那違反我們小人的基本人權，你們要是不喜歡小孩動，乾脆買嬰兒海報貼牆壁就好了嘛，幹嘛生呢？」小人心裡是這麼想的，可惜還不會說。

從這一點看，小番茄這傢伙稱得上小人國的巾幗英雌，一副經過特種部隊訓練的架勢，她只差沒喊出：「我來，我征服！你們乖乖認命吧！」

由於她的調皮搗蛋已到了雞犬不寧地步，有經驗的人「觀測」之後認爲她具備「小魔頭」的潛能。她擅於擺出溫馴可愛的表情，用兩顆含情脈脈的大眼睛瞅著你看，親親密密的撒嬌：「抱抱！」（天啊！這時候你在心裡喊：我願意爲她赴湯蹈火，爲她一天工作十六個小時，爲她作牛作馬，爲她置個人生死於度外……）

「好渴，我要喝養樂多！」「好好好，小番茄最乖，小番茄要喝養樂多、多、多、多！」你得意忘形，像個蒙皇帝恩寵的宦官抱著心肝寶貝往冰箱走，忘記外頭殺伐爭逐的世界，只想伺侯小番茄喝養樂多。

「又喝！誰拿給她的？」大老之一看見了，小番茄得了養樂多後，立刻掙脫你的懷抱，滿屋子竄，像流寇。「她說要喝的啊……」你不明白怎麼了？「喝第六瓶了知不知道？」大老很生氣。

「啊？這……這對胃腸不……不太好吧……」你支支吾吾。

這一招一定要揭發出來，大老規定小番茄一次只能喝一瓶，她搧著長長的睫毛答應了，而且在大老面前複誦一遍表明她的「忠貞不二」。結果，她向每個進門的大人以智謀索求一瓶，共計六瓶。

「這……，好像沒有違反規定嘛，一次真的只喝一瓶嘛！」有個不識相的大人說，立刻遭到眾人白眼，大老甚至揚手搧了一下他的腦袋。

「要用小孩子聽得懂的話跟她講道理才對，而且指令要清楚，一天只能喝一次，一次只能喝一瓶！」有人說。

「那……，那你們買那麼多瓶做什麼？這不就引誘犯罪嗎？你們一次只買一瓶，再規定她一天一次一瓶嘛！」

「煩死了，誰有功夫每天去買一瓶養樂多，而且，大人也要喝啊！」

「嘿，你們自己做不到怎麼可以要求小孩做到呢？」

這樣七嘴八舌跟立法院一樣，一點效率都沒有。有個「騎牆派」提出綜合式結論（他總在關鍵時刻發揮溫水效應，把冷、熱兩派意見依照權威比例調和一下，結論就會變成：有一點熱又不會太熱，有點冷又不會太冷）。

他說：「爲了顧及家中採買組人員的工作量，一次買一大盒，其中，每日兩瓶是小番茄的配額，可以嗎？小番茄！」

在一旁參予討論的小番茄「迫」於人多勢眾，很識相的點頭應允，還大聲嚷嚷：「我有兩瓶了！好棒哦！」

「但是，」騎牆派繼續發言：「一瓶是基本配額，另一瓶是獎賞配額，表現好的話才有。大人喝的跟小番茄的要分開放在冰箱裡，不得搞亂！」

有人豎掌竊語，問旁邊的：「做得到嗎？」旁邊的也附耳說：「恐怕很難，簡直像在發放老人年金！」

既然大家在檯面上都鼓掌通過了，「養樂多日金」發放制便確定了。接著，嚴格付諸實行。只差沒喊：「違者，拖至東門，斬首示眾！」

第一天，做到了。

第二天，有點困難但也終於做到了。

第三天，小番茄把冰箱裡的養樂多喝得只剩兩瓶。

# 帶動唱時間

有一件事很令人傷腦筋。理論上，每戶家庭隔一段時間都可能孵育出純眞無邪的「小人」。問題是，「一段時間」通常是二十年左右甚至更長，上一代孵育的「同一批號」小人長大婚嫁後再孵育「另一批號」小人。（很抱歉，必須用「批號」這種不雅的名詞指稱，事實上，以前鄉下就用「批」來稱呼某戶人家生的一群小孩，媽媽們在喝斥自己的產品時，也生龍活虎的說：「你們這一批猴死囝仔給我眼睛張大點！」這種指稱法有其背景，小孩多，要是一一叫名字再總體訓誡，會使罵人的語氣不夠有力吧！）上一批跟這一批之間相隔甚久，衍生的問題是：不知道在小孩學說話的過程中唱什麼兒歌，說什麼故事給他們聽？上一批小人幼年時，成長空間較闊，就算父母沒閒功夫哼哼唱唱的，小人們也很容易跟鄰里的蘿蔔頭展開互動學習，哼不攏通學些童謠、神祕傳奇，或流行於兒童世界的奇異儀式。在狄斯耐產品尚未滲透到鄉野前，那一大群到處串聯的猴死囝仔不是沒有童歌、童話，相反的，一套依循口耳流傳而發揚光大，帶著濃厚「成長區域」色彩的兒童祕本，使他們從很小的時候即認識自己的環境與同伴。

譬如，民國五十年代左右，在多雨的宜蘭鄉下，一群猴死囝仔除了唸：「一二三，燈火熄一盞，阿公仔跌落眠床下，阿嬤亂亂ㄙㄚ……」或「歐吉桑、歐巴桑，大家招招來買ㄆㄤˋ（即日語麵包），ㄆㄤˋ燒燒，來買香蕉，香蕉冷冷，來買龍眼……」或「新娘水噹噹，褲底破一洞，裝米香……」之外，還發展出跟當地自然環境扣合的奇怪儀式；看到蛇，必須趕緊把兩根大拇指藏入拳頭內，因蛇頭跟大拇指長得很像，不藏起來，牠會誤以爲有別的蛇在你身上，會很興奮的要來跟那條蛇交朋友哩！如果不小心忘了藏，得趕緊找另一個人幫你做「切蛇儀式」，由於大人不屑做這種事（他們無法理解猴囝仔心裡想什麼），所以會找另一個猴囝仔充當「巫師」。怎麼切呢？很簡單，被害人立正站好，兩根大拇指相連，形如兩條蛇在接吻，「巫師」豎掌爲刀，口中大聲唸：「切！」並從中切穿，再朝並排的腳拇指切一下，被害人隨勢跳開，儀式便大功告成。

鄉野間，偶爾可見急得滿頭大汗的哥哥，叫從未當過「巫師」的流鼻涕小弟弟幫他切蛇，小猴囝仔才三歲出頭，即光榮的榮膺「巫師」人選，一高興起來便沒完沒了，到處要幫人家「切蛇」。

等這批猴囝仔變成父母，面對自己出品的小人時，這就爲難了。他們腦袋內的那套祕本已褪流行，許多童謠內容無法與現代生活實況呼應，重新唸唱，除了引導自己回憶童年時光外，對現代小人而言，聽起來可能「霧煞煞」！因此，最簡便的解決之道是，餵狄斯耐產品吧！又是《白雪公主》那一套了。

到底應該餵小人什麼呢？小番茄的家人開了一次會後，決定什麼都餵，但優先餵唐詩，尤其是絕句。小番茄的娘娘開始變成吟詩專家了，用一種很奇異的，揉合搖滾趣味的腔調唸：「白呀白日依山盡喲，黃嘿黃河入海流哪……」眞是輸給她。

有一陣子，小番茄的家人自力救濟，流行即興唸歌，譬如：「小番茄，穿鞋鞋；過馬路，去散步；紅燈停，綠燈行。」或「在家不出門，出門不在家；吃飯不洗澡，洗澡不睡覺。」或「麥當勞，吃漢堡；炸薯條，剛剛好；可樂太冰，我不要。」等不知所云缺乏創意的歌。突然有一天，電視播報氣象的時間，小番茄跳上沙發唱：「開封有個包青天，鐵面無私辨忠奸……」

她的家人嚇到了，發現電視已經對小番茄進行「帶動唱」了。

# 陽台上班生涯

當你家誕生一個調皮搗蛋專家時，你可能會有以下的「雜念」：

一、我上輩子一定做了什麼不可告人的勾當，這輩子才會跟這個小魔頭做家人。

二、「打小孩」應該打那個部位比較好？

前者比較消極，後者嘛，就積極進取多了。不過，在宣示以愛孵育小幼苗的時勢下，做父母的恐怕無法像以前那樣「得心應手」，現在的小孩太早熟了，他們很小就知道「兒童權」的存在，在你剛剛揚起手時就以法官式的口吻說：「媽媽，受虐兒童基金會的電話號碼多少？」於是，你只好朝消極方向自我寬慰，把一切歸咎於前世恩怨，認命了事。

讓我們來巡視一下小番茄的豐功偉業。

由於這個家滿屋子都是看起來很忙碌的大人，白天各自上班、出門、辦事，常常只剩八十多歲的超級大老（小番茄喊她「阿祖」）及小番茄「合力守空閨」。就像野地裡的果樹一樣，這粒番茄吸取日月精華，悄然無聲地從青澀的綠色時期慢慢邁向充滿活力的「紅色恐怖」階段了。

很長一段時間，家住四樓的小番茄對陽台很著迷。對三歲的公寓孩童而言，三十多坪的空間只消一天就摸清楚了。她走來走去，像一部小電腦記憶每個房間的內容，當然也努力挖掘每座櫥櫃的「胃部」。電器用品的操控也難不倒她，雖然不認識音響上的日文，但她已經會自己放兒歌聽，祕密就在「實驗是檢驗眞理的捷徑」。反正一部音響也花不了多少錢，壞了就認命嘛，大人要有雅量讓孩子學習。（當然，你好想好想……「打」人喔！）

小番茄開始自己玩。每天早上大人們都出門上班了，她也找出一只大人廢棄的背包，內裝奶瓶、故事書、兩粒橘子、梳子、機器人、玩具電話、筆……，到陽台上班。她打開放鞋子的矮櫃，重新依照她的方式「整理檔案」——黑色的大皮鞋內「含」一隻紅色小拖鞋，或把鞋子「種」在陽台上的各式花盆裡。

我猜，小番茄一定發現自己的鞋子那麼小而大人的都碩大無比，因此起了複雜的情結。樓下一樓的那戶人家有塊頗寬闊的院子，兩條大犬恣意遊憩，不時戲謔的狂吠。小番茄從陽台的鐵欄杆大縫隙俯視那兩條看守空戶的狗（主人都上班了），也許起了一種「同是天涯淪落人」的複雜情感吧！

情結加上情感，使小番茄的陽台上班生涯產生積極性的變化——如果，以前是整理檔案的小妹的話，現在就是發號施令的總經理了。

小番茄先丟下橘子讓底下的狗兒追逐、大吠；接著，她開始丟鞋子——大人的鞋子，我想，當一隻紅高跟鞋從四樓往一樓飛墜時，一定像牡丹仙子下凡吧！

當大人找不到鞋子，而熱心助人的小番茄暗示鞋落誰家時，你可以看到一個很想打人卻不能打人的大人臉上的壓抑神情。大人帶著小番茄到一樓按門鈴，門才打開，小番茄笑嘻嘻的說：「對不起哦，拿鞋子。」

故事繼續重演，每天晚上，這個家必須推拖拉扯派出一個倒楣鬼到樓下「領鞋子」。

後來，某天早上，樓下鄰居按門鈴。他鐵著一張臉，手上提一圈塑膠網子，主動幫小番茄的陽台辦公室裝飾得美輪美奐。他說，他快發瘋了。

鄰居要走時，小番茄很有禮貌的說：「對不起哦，謝謝，嘻！」

# 剪刀覓食記

在一個名叫小番茄的「小人」面前，你如何以適當的表情告訴她：這個……，嗯，剪刀是非常有用的東西，但是，嗯，對妳來說危險得不得了，所以，妳絕對不可以碰剪刀！

「小人」是相對於「大人」的一種尊稱，跟道德修爲無關。我覺得「大人國」的人比「小人國」的難纏，在修養方面也不見得比小人國子民高尚到那兒去。他們佔盡體型與語言能力優勢，常常不自覺對小人國子民使用暴力——尤其是語言暴力，事後又用同等能力包裝，自行貼上「合理」的標籤。

小番茄在學會「剪刀」的國、台語發音後沒多久，她非常用功的想知道這件「尤物」的本領有多大。有一天，機會來了。午睡時間，兩個老傢伙分別在兩間臥房裡打鼾。小番茄溜下床，以小人國子民特有的神祕步伐在安靜的空間裡展開「田野調查」。工具箱吸引了她，尤其長著兩隻大劍齒的剪刀像史前動物一般誘惑小番茄的眼睛。大人國的人以爲行走蹣跚的小番茄根本不可能有足夠的智力與體型拿得到高櫃上的工具箱，他們看走眼了。總之，小番茄那天非常快樂，我相信在肉眼看不到的世界，必定有很多類似小番茄的小人國精靈圍著她一起探險——或，用大人國的語言是「造反」。她抱著大剪刀像摟著漂亮的小野貓般，帶它到處覓食，「卡嚓，卡嚓……」她走過前天才裝上的花團錦簇的窗帘布、緞面上繡金魚的椅墊、鑲蕾絲邊的床單，卡嚓，卡嚓。

「小番茄，什麼聲音？」床上的老傢伙迷迷糊糊問。

「沒有，玩具啦！」

接著，小番茄對著穿衣鏡仔細端詳自己的容貌，靈機一動，她覺得應該餵「剪刀貓咪」一些頭髮。嗯，效果不錯。她悄悄爬上床，老傢伙睡得又香又甜，小番茄第一次發現大人國的人也有馴良可愛的一面，於是輕輕的拔掉老傢伙頭上的髮夾，正要張開剪刀……

「妳在幹什麼？」老傢伙睜開眼睛。

小番茄色瞇瞇用台語說：「甲妳剪頭毛啦！」

晚間，幾乎全員到齊了。本日家庭會議的主題是：討論是否需要把高櫃的每個抽屜都上鎖？因爲，今天發現小番茄的智力已到了不容忽視的地步，她利用第二個抽屜爬到第四個，站在第四個抽屜裡取走高櫃上的工具箱內的「兇器」！

當會議演變成「統獨」兩派對決時（「統派」要統統上鎖，「獨派」認爲只鎖第二個抽屜就夠了），有個晚歸的大人正一面啃水煮玉米一面跨進家門，他看到沙發上淚痕斑斑、正在吃布丁的小番茄，說了一句肺腑之言：「誰幫小番茄剃渡啦？」

# 有舌頭的電話

人爲什麼會自言自語呢？

你一定在街道上、公車裡或醫院候診室看過有人自顧自的說起話來，其聲調起伏、表情變化真的像在跟人對話，你原先也以爲他在跟誰講話，仔細一瞧，其前後左右要不是沒人就是彷彿陌路，這時你才恍然大悟此人正在享受自言自語的樂趣，當然，你也會警覺到他的「精神狀態」可能有點問題，於是你跟其他人一樣，換位子離他遠一點。若無法移動（譬如在公車上），你會故意看窗外、讀車廂廣告、摳自己的指甲以掩飾不安，或跟鄰座的交換眼神，悄悄說「是不是瘋子？」以結成「同盟」，免得有什麼突發狀況時你一個人無法應付。

可見，「正常人」是不會在公共場合暴露自言自語行爲的，這大概是語言的隱私權，如同生活中個人的隱私權。不同的是，其他項目的隱私權不允許別人侵犯，而語言與身體項目的隱私，則是別人不希望你在他面前暴露，如果有人同時暴露這兩項隱私，譬如：沒穿衣服又自言自語，我想很少人會從欣賞他「展露身體與語言隱私的自由」去看待，大部分人會打一一〇，叫警察來處理。

正常人也會自言自語的，在房間找東西，邊找邊說：「奇怪，明明放這裡怎麼不見了？昨天還看見的，我記得特別跟這本書放一起，長腳了嗎？」或突然陷入不可測的困局：老闆罵你、同事抵制你、客戶要求你、老婆不原諒你、小孩不聽話……，你也會喃喃自語：「煩死了！煩死了！我欠誰惹誰？全跟我造反，有沒有良心啊？」

自言自語有時能提供一個密閉空間，在自身之內又生出一個自己，藉由對話而獲得短暫的安慰與紓解。要獲得別人以充滿同情的眼光對你說一句：「眞的啊？難爲你了。」必須花至少十分鐘、說六百個字以上，跟自己交談則電光石火，立刻進入紓解階段。

小番茄會流利的說話後，對電話產生濃厚興趣，從在一旁搗蛋亂玩按鍵使通話中斷開始，這個家庭再也無法把電話放在客廳的明顯位置。他們更動線路，讓電話「束諸高閣」——櫥櫃頂層，電話響了，踏上小椅子接。多笨啊！有時候人多了反而會集體做出笨事。

後來，大老不得不放棄「東西用到壞才能換新」的惜物原則，換裝無線電話，而通話者也可以一面快速走路以擺脫小番茄的糾纏一面跟客戶談生意，或者乾脆躲入棉被，甜甜蜜蜜地講他們的情話。

對小孩而言，大人們歪脖子對著一個東西哇啦哇啦講話，就是自言自語的畫面。他們一定認爲小東西裡藏了一群小人，有的可以讓人生氣，有的惹人哈哈大笑。在好奇心驅動下，他們也想跟小東西內的小人打交道。你若是講了一半，把電話交給他們，你會發現小臉蛋上充滿疑慮又羞怯的表情，他們更糊塗了，怎麼小東西裡也藏了一個「爸爸」或「姨婆」？

小番茄的娘娘幾乎用小劇場的表演方式對她解釋電話是怎麼回事，包括完整的使用方法。這件事使災難升高，會用電話的小番茄再也不會亂玩按鍵、沒掛好電話，她升級了，到處要別人的電話號碼，她不會寫阿拉伯數字，有陣子，大人成爲她的祕書，專門爲她寫下一兩個「特定客戶」的電話號碼。很快的，她自力更生，歪歪扭扭在紙片上寫「新客戶」的阿拉伯數字。有個賊大人悄悄毀了這張紙，因爲災難擴大到這些客戶都受不了——小番茄一天打五通給他們，對話內容只是：「你在上班嗎？」

然而，大人忽略了小人自有一套在都市叢林的求生技巧，譬如她擁有超乎想像的記憶力可以再次複製一張紙片，上面的客戶數又增加了，那是大人們家常對話中不經意透露的數字；當然，她也發現電話簿是怎麼回事了，這一切的一切，都可以從電話帳單得到證明。

小番茄被勒令再也不可以打電話了，大人們以一百五十元買了一具跟眞的一樣的玩具電話給她。不到三天，災難又升級了，正在吃晚飯的大人們親眼親耳看到小番茄坐在沙發上跟她的玩具電話講話，其表情生動，咕咕咕掩嘴而笑，講話講得跟眞的一樣，還出現「我姨婆家有小狗狗，你家有小狗狗嗎？」之類的對話。大人們全傻了，這不是「自言自語」嗎？有個笨大人還握著筷子拿起小番茄的玩具電話「喂」了幾聲，「沒聲音啊！」他說，活像遭受重擊後神智不清的人。小番茄可自在，她繼續跟玩具電話講：「眞的啊？」彷彿有人告訴她很精彩的事。

大人們自動解除禁令，允許小番茄每天至多打三通「眞電話」，他們寧可多付電話費也不願家裡出現一粒充分享受自言自語樂趣的怪番茄。

# 移民路線

某個正在吃中秋月餅的黃昏，小番茄藉著要把好吃的文旦分半個給蘭花姑婆的正當理由，告知大家她要到相隔兩個門牌號碼的姑婆家。這沒問題，小番茄的方向感非常好，而且辨識周遭環境的能力很早就發達起來——大老們認爲，這孩子從小被大家像傳球一般輪流抱，爲了免於在複雜的懷抱間迷失，她不得不優先發展吸盤式的方向感。

「去顧一下！」大老之一說。

於是，有人站在陽台「監看」小番茄是否眞的往姑婆家走；捧著文旦的小番茄還頻頻回頭，用她特有的幾條巷子都聽得到的尖嗓門叫：「我快到了！……我現在還差一點點就到了……！」路人莫不以看「間諜」的奇異表情抬頭仰望站在四樓陽台的這位「監看者」。

「下次別叫我顧，怪彆扭的！一邊走還一邊叫！」監看者說。但大家似乎鬆了一口氣，可以大聲談論不宜讓小番茄聽到的「大人們的事情」。

「有朋友在考慮呢……」大人之一說。

「算了吧，以前也是這樣起鬨，後來還不是沒事！」大人之二說。

「不一定，你看報紙那麼多廣告，要不是有市場，幹麼天天登廣告！」大人之三說。

「唉，我們沒那個本領啦！」大人之四說。

就在討論陷入一片低迷時，動作一向粗魯的小番茄回來了，像哥倫布發現新大陸般大聲宣布：「我要移民！我馬上要移民了！」

「馬上」？這……這粒番茄什麼時候學會使用「馬上」的？而且用在「移民」上！她為什麼不優先使用在「我馬上去洗澡」或「我馬上吃藥」這種事呢？

有人差點被月餅哽到，好像遭到什麼打擊似的。另一個大人已火速打電話到蘭花姑婆家，大嗓門的老女人說：「你是插播，我正在跟方主任討教移民的事，快掛斷！」這位負責通訊的大人向大家報告「移民病菌」是從姑婆家傳染來的，並不是小番茄躲在門後偷聽剛剛討論的「大人們的事情」。

大人們又鬆了一口氣，反正是別人的錯嘛。

可是，小番茄已經在「打包行李」了，怎麼阻止一個小孩狂熱的恐怖行動呢？

於是，原本溫馨和樂的月餅品嘗會陷入山頭林立的詮釋學混戰中。有人說「移民」就是一個人在移動；另一個說是搬家的同義辭；還有人簡化爲從這裡移到那裡，換一張床睡覺。

小番茄有點迷糊了，這些國、台語紛陳描述的「移民」理論，顯然各懷鬼胎要導引她修正從姑婆那裡旁聽到的移民意涵。

這時，一個平常被大家認爲沒做對任何事的大人講了關鍵性的謊言：「這個移民嘛，要全家一起移才算。那，我們都不想移，（其實，剛剛就是在討論這檔事，反正說一件謊是謊，說九件謊也是謊！）只有妳要移民，因爲全家人都應該住在一起，所以，小番茄，妳只能在全家人都在的地方移民！」

咳，這種體制內解決的邏輯用來騙小孩還滿好用的。

最後，小番茄決定「移民」到另一間房間的地毯上睡覺，爲了巴結（這很重要，當小孩所做的決定恰好符合你的心意時，千萬不能過早露出喜色，必須矜持的採取積極性的巴結行動，以免她臨時改變主意），大家非常有秩序的幫她搬小枕頭及睡覺恩物——太空被，並且不時問：「小熊要不要搬？」「恐龍海報要不要搬？」以分散她的注意力，免得她有機會「改變主意」。

好了，這事終於圓滿解決，某位大人趁這陣熱浪，善加利用。「小番茄，『移民』到浴室來，洗澡囉！」好順利，她今天眞是愛上「移民」了。

當然，任何一種移民都會造成生活的巨大轉變。當晚，那間房間的人被迫改變睡覺方位，因爲，小番茄不喜歡她移民後的第一夜，就看到兩隻腳丫擱在她的天空中。

# 魚與懺悔會

大人，就是可塑性很大的一種人。有時候，微縮到像可以穿過針眼的駱駝，有時，又龐然到可以遮蔽整個天空。

舉個例吧，某些大人喜好炫耀自己的記憶力，你在八百年前不小心評論了他的長相，他記得清清楚楚，連那日的天氣也記得。可是，當他斥責小人時：「你看你，怎麼搞得嘛！那家小孩子像你這樣不乖！」嚇，不乖，他怎麼忘了自己小時候的德性，又乖到那國去呢？像這種要罵小人時記憶力立刻消失的人，即是大人。

所以，我認爲大人應該在迎接小人誕生前，詳細臚列自己當小人時的「惡形惡狀」（如果想不起來，可以問爹、娘，他們對這種事的記憶非常驚人），凡是自己犯過的事項，原則上，你生的小人也有同等機會犯一次。當然，小人不見得會付諸實踐，這時，你就該有感恩的心，慶幸你生的小人比你英明。

小番茄的父親在當小人時紀錄不太好，也不知是天性純眞還是「駑鈍期」太長，他的所作所爲被評定成「一級惡作劇」，在那個可以隨地便溺及打小孩的年代，他常常被各式各樣渾厚的手掌「特別呵護」，倒也意外的練就堅強體魄及矯健的雙腿。他這輩子第一次露營，是在離家三百公尺的一棵大榕樹上，爲了躲避手拎竹竿、竹枝、棍子的「獵人們」的攻擊。原因是，他打死了隔壁阿婆養的，準備用來拜天公的肥鴨。

遺傳，是最精良的影印機。小番茄用她父親的版本再加上自己勤奮鍛鍊，惡作劇的品質青出於藍。雖然，我贊成大人在當小人時所作的「豐功偉業」，原則上應允許其旗下的小人重犯一次，但物換星移，現在的小人頗不屑（或沒有機會）重犯，此時，對小人自行研發的惡作劇，該如何因應呢？

自從有人發現水族箱裡那條名貴小紅龍躺在澡盆中，與可愛的洗澡小鴨鴨共同享受一缸青草香泡泡浴時，這個家的大人們只用腳趾頭思考就宣布「破案」了，「小番茄！出來！」他們應該到警察局上班，一定可以抓到很多罪犯。

接著，依照慣例，當然有很多呼吸急促的語言風暴，內容嘛，每戶人家都差不多，反正不會有人在犯罪現場高興得哭出來說：「啊！我們家小雄（或小明、小傑、邦邦、秀秀、小咪咪……）好棒哦！幫魚兒洗澡澡，將來一定是慈悲爲懷的達賴喇嘛！」

接著，當然有小人的哭聲，剛開始是眞哭，可是當有更大的大人怒斥正在怒斥小人的大人時，小人的哭啼就變得有點微妙了，從聲音中隱約可以聽出她正在思考、整理、研擬對策、付諸行動。

「我……要……！」小番茄還沒講完，就哇啦吐了一地。

這還得了，小番茄變成番茄醬了。大人們立刻組成救援小組，驚慌得不得了。有人打電話問育兒專家，有人幫小番茄換衣服，哄她不要哭，一哭牽動情緒會吐得更兇，有人趕緊擦拭穢物……，總之，沒有人記得那條魚了。

這眞是改寫歷史的一刻，浴魚事件後，雖然小兒科醫生沒發現小番茄的腸胃有什麼不妥，但擺在眼前的事實讓大人們束手無策，那就是：小番茄一哭就會吐。

「好像，應該找幼兒心理醫師……！」有人說。

「不，應該找大人心理醫師！」另一個人說。

「不對，應該都找，小番茄看幼兒的，我們看大人的！」事情怎麼變複雜了。

「難道……我們家不夠溫暖嗎？」一個勇於反省的大人說。

「其實，小番茄很可憐，只有她一個小人，沒有玩伴，很寂寞的啊！」這是實話。

「所以，她跟自己的胃交朋友，約好她一哭，胃就跟著哭！啊！眞令人心疼，到我們家當小人，是她的不幸呢！」一位長期有黑眼圈的大人紅了眼圈，大家陷入沉默，眞是感人的懺悔會。

跟胃交朋友，是啊！大人們瞄一下時鐘，該準備晚餐了。負責烹飪的人在冰箱裡搜了一陣，夢遊似踅至客廳東翻西找，還喃喃自語：「我記得……把魚拿出來解凍……然後……？」

「小番茄！出來！妳把魚藏到那裡去？」

懺悔會宣告結束，歷時三分鐘。

# 一張照片

可不可以這麼說：人，花二分之一時間處理過去，另外二分之一準備未來。當然，這是指成年人。對小孩而言，過去與未來的比例隨年齡增長而調整；至於步入老年的，過去與未來的比例則出現極大差距，你不難發現他們在言談間充滿了對過去的回想，譬如：我××歲的時候、當年要不是……、我們那個時代……，這些話頭都是開啟記憶櫃的鑰匙；而小孩的鑰匙是這樣的：我以後一定會……、我將來要選總統、我想去國外唸書……。不必驚慌，我們大多是這樣走過來的。

時間，像永不回頭的射線，而儲藏在記憶裡的往日時光，卻像迴旋的水流，不斷纏繞人的內心，多麼像滾雪球遊戲啊！只是不曉得雪球裡滾入了鳥屍、枯葉，還是純粹的渾圓晶瑩？

從這個角度看，除非一個小孩單獨生長於杳無人煙的荒山野島，成天跟猴群嬉遊，沒有屬人的記憶薰染他，否則，我們都會發現一個事實；記憶像傳染病一樣，會感染給小孩的。當一個小孩降臨在某戶人家，儲存在大人內心世界地窖區的好惡愛憎便開始散發威力了；對大人而言，處理那些陰魂不散的過往事件正是他的「功課」之一，他當然知道「境已遷」，但就是做不到「事已過」，你實在無法要求他等到夜晚大家都睡了以後，躲入衣櫥內去做功課，以免傳染記憶病毒給成長中的快樂寶寶。

而小孩，當他目睹老爸（或老媽）以充滿憤怒的聲音敘述過去事件、指摘某些人時，小孩能夠從容的拍拍敘述者的肩膀說：「對不起，老爸，請不要汙染我的記憶，我沒有義務幫你承擔這些!?」如果眞有小孩這麼說，依據連續劇，大概立刻有一隻新鮮的鳳爪迎面撲來。所以，是不是在不知不覺間，大人改不了把小孩當作影印機的舊習慣呢？你是我生的，我的價值觀就是你的價值觀，我說這個人壞胚，你不可以說他好。

那張照片怎麼會落在小番茄手裡，查不可考。一樁不如意的婚姻發生後三年，家裡已看不到小番茄母親的「遺跡」，包括保留過往時光的相簿，也不知被大人們如何處理了。唯一留下蛛絲馬跡的是，當年的放大結婚沙龍照因體積過於龐大，從牆壁取下後便藏在衣櫥裡，也許小番茄在進行探險活動時曾經瞄過，對照片中依偎在爸爸身邊的美麗女子留下深刻印象吧！總之，有一天，她不知道從那裡翻出一張發縐的家常照，與高采烈的跑去告訴大老：「這是媽媽！」

如果你是大老，聽到三歲的小番茄有此驚人發現，你的反應是什麼？如果你是小番茄的母親，聽到幾乎不曾謀面的女兒指著照片認媽媽，你的反應又是什麼？

大人的世界眞是艱難啊！

只要熟悉連續劇劇情的人一定能想像大老的表情及充滿申誡氣味的話語（譬如：「妳說什麼？」），有時，你不免希望那些事情放在連續劇裡就好，不要過繼給現實人生；然而，人就是這麼活生生、火辣辣，那麼多時間處理過去，結果還是凌亂不堪。

小番茄自動改口：「沒有啦，我說，是阿姨啦！」

後來，這件事在夜間家庭即興談話會裡拿出來討論，大老顯然勢單力薄，因爲大多數的開明派大人均認爲大老心胸稍嫌太小（當然，這層意思是以非常柔軟的口吻間接說出的），恣意施放情緒，簡直就像沒禮貌的人私闖別人的玫瑰花園，而且還在裡面留下不太好聞的紀念品。

過了一段時間，幾個大人才知道爲什麼小番茄認得出照片裡的人是媽媽？原來，娘娘曾多次帶著小番茄偷偷去跟媽媽幽會呢！

# 大象鼻子長

「你覺得人生公平嗎？」如果你異想天開，站在SOGO百貨公司門口，問來來往往的人群這個問題，除了部分人士對你翻白眼以示不屑回答之外，恐怕有人直截了當回答：「不公平！」（當然，也有人樂觀開朗的說：「滿公平的啊！」），至於那些未立即回答的羞怯人士，或許一路上仍琢磨自己的答案，你從他們的背影看出，「好像不太公平」的成分比「很公平」要多吧！

「眞是沒事找事！」至少娘娘是這麼回答的。有一天，她的同事們閒扯淡，有人問這個問題，她回家後轉述，頗有問這種問題於事無補的看法。有個大人堵她嘴：「既然沒事找事，幹嘛還拿回家講，可見妳心裡也在想吧！」

於是，我想到人的一生中，會問幾次「人生公不公平」的問題，而每次又用什麼答案安頓自己呢？所謂「公平」又是什麼？如果簡單的以數字化約成；付出十公斤重的精神氣力，回收十公斤的成果，則公平永遠也達不到。因爲有可能回收五公斤或二十公斤，而我們不能在看到五公斤時徒呼「不公平」，二十公斤時就認爲「公平」——對回收者而言公平，對付出者言則不公平。

更何況很多人生情節無法量化，一個誕生於書香門第之家、父母恩愛的孩子，跟一個降落於負債累累、父母離異之家的孩子，他們從一開始即站在不公平的立足點上。前者可能在豐富的資源中長大，而後者必須從童年起即進入勞動市場，習慣過著被學校老師歸爲成績很壞（甚至操行不良）的學生生涯。

當然，出發點上的不公平不見得就是無期徒刑。我們也不難耳聞親見很多在各領域有所展現的人，他們是從一無所有的童年起，靠著堅韌的生存意志闖出一片天的。代價則是他們的童年、少年、青年期全部像柴薪般投入火爐內提煉。那是一種無比孤寂的燃燒，漫長得宛如牢獄。如果你問他們人生公平嗎？恐怕不知從何回答起吧！

像小番茄這樣，出生不久即成爲單親寶寶的孩子，心思較密的大人們很難不替她的未來捏把汗。也許，有人認爲，在父母長期不合的環境中成長的孩子不見得比單親家庭長大的孩子幸福。話十分有道理，但聽起來不無替大人掩飾過失之嫌。父母不合或離異，從小孩立場來看，都是一種缺憾。而大人總有辦法找到合理的解釋：「親愛的寶貝，我們大人之所以吵吵鬧鬧，因爲有些問題長期以來一直得不到解決，但是爲了維持形象，我們不會離婚的，這一切都是爲你好。」或者這麼說：「我們之所以離婚，因爲實在無法再共同生活。爲了你好，不得不採取這種決定，希望你明瞭才好。」或者這麼說：「現在社會，單親家庭很多，所以你不是唯一的例外。乖寶寶，事情沒你想得那麼嚴重啦！」而決定未婚生子的媽媽們可能會這麼說：「寶貝，媽媽有能力給你全部的愛，希望你跟我一起證明這件事。」

小孩會怎麼回答呢？有一天，他會從什麼角度看這件事？報紙上提到八十三年有三萬一千八百八十二對離婚，平均每十六點五分，即有一對離婚；到了八十五年，達三萬五千八百多對，平均每十四點七分有一對離婚。但是沒提三萬多對離婚夫妻到底「產生」多少小孩？他們年齡多大？歸誰撫養？與父母的親子關係如何發展？有沒有得到全部的愛？而他們將來又會怎麼看自己的單親身世？誰都不希望聽到這些小孩對父母說：「你們有權利決定你們的人生，我也有權利決定原不原諒你們。」

不管小番茄的家族如何以鬧轟轟的關愛企圖沖淡「沒有媽媽」的缺憾。甚至，娘娘所做的也等同媽媽了。但是，大人忽略了，小孩理解客觀世界與人際互動的迅速驚人。大人以爲等到小番茄懂事了再向她解釋「單親」緣由也不遲。沒想到，所有協助小孩成

長的物件甚或公然在客廳存在的那台電視，刺激她一件一件比對她所置身的環境。當她指著電視廣告的家電產品開心說：「我們家也是這個牌子」時，你會讚許她的觀察力，但是你很容易忽略三歲小孩在進行「比對」遊戲時，是否也比到了你不希望她知道的事。

有一天晚上，她唱歌給大家聽，從兒歌錄音帶學的，歌詞很簡單：「大象大象，你的鼻子怎麼這麼長？媽媽說，鼻子長才是好看。」這首歌，你在睡夢中唱也不會唱錯，可是小番茄把「媽媽說」改成「娘娘說」，爲什麼不改「大象」或「鼻子」，偏偏改「媽媽」？

唱完歌的小番茄咯咯笑得很開心，在地板上又叫又跳。有個大人拉娘娘袖子：「妳教她改的啊？」娘娘搖頭：「沒有啊！她自己改的。」

那一瞬，大人們的表情呆若木雞，他們開始了解對小番茄而言，單親之路像大象的鼻子那麼長。

# 不良大人的動物誌

很少有小孩不喜歡動物，舉凡豬狗牛羊馬猴貓……，套用不良大人的「口腹法則」，小人喜愛的動物涵蓋「山產類」及「海鮮類」，當然也包括在空中飛來飛去的有翼族群。

在小人的成長過程，大人通常不會漏掉送給他們可愛的塡充動物，小的如小兔子，大的如龐然的熊寶寶；只要有機會進入一個備受寵愛的小人房間，你會以爲自己走進動物園，龍騰虎嘯、鳥飛魚躍，熱鬧滾滾。你幾乎錯覺，小人也是奇妙動物之一或各種栩栩如生的動物也是另一種可愛的小人。

讓孩子自小與各種動物娃娃打成一片也是不壞的，不僅從中獲得學習與遊戲的樂趣，也有助於漸次擴大孩子的生命觀。然而，動物娃娃畢竟是「假物」，再怎麼栩栩如生，畢竟只能呈現該種動物的單一面相而已，除了讓小人認識到「這是狗」或「這是羊」

之外，仍有巨大的空隙需要大人來參與，不管是透過擬人化的遊戲刺激想像，或知識性的介紹，導引小孩認識各種動物的特徵、產地、習性，大人都不應該缺席的。要不然，「假物」仍是假物，無法在孩子的成長「活化」成美好的經驗；最後，一隻繫鈴噹的綿羊被扔在沙發底下，彩色羽毛的鳥丟在鞋櫃上，大人怒氣沖沖說：「把玩具收好！」，小人乖乖的把所有的鳥獸蟲魚塞入大簍子內，動物玩具只是即將變成垃圾的東西而已。

因此，在物的補給上，大人不落人後；可是在陪伴孩子「開發另一個世界」上，大人的粗心與無心實在值得檢討。更有甚者，有些大人會粗暴到做出這種事：「小傑，爸爸從國外買回來給你的熊要好好保管哦，上面的塑膠套不可以拿掉，弄髒了不饒你！」

啊？塑膠套不可以拿掉，那想摸一摸毛茸茸的熊，豈不是只能打開一個小縫，偷偷伸手摸幾下？這種動作跟偷偷侵犯別人身體的「性騷擾」是不是有點像？既然這麼辛苦，乾脆把寶貝熊放在客廳櫃子當擺飾算了，最好連標籤都不撕，讓客人知道它有多貴！

另一種不當的教化方式跟吃有關。譬如說，帶小孩參觀魚的博覽展，看了那麼多五花八門、游來游去的海洋居民，愈看愈餓，下一步就是找一家貨色齊全的海產店大快朵頤，「小傑，多吃點，這是豆腐鯊！剛才幻燈片有看到對不對？」

還有一種，同等令人厭惡的，買了一堆書、錄影帶、動物玩具，希望小人從小培養動物知識，並且不時暗示他要「愛護動物，因爲動物跟我們一樣，是地球居民。」可是，自己家裡養的小貓、小狗卻疏於照料，完全違反牠們的生物天性，一旦害病了，恣意遺棄，造成街頭問題。據估計，全台灣有六十多萬隻流浪狗，扣除自行繁殖，保守地算總有一、二十萬隻是被人丟到路上的吧！這些家庭總有小孩，眞不知道做家長的在告訴孩子要愛護動物時會不會臉紅？還是大言不慚地走在路上，說：「小傑，快過來，那條癩痢狗臭死了，全身都是病，好噁心！」

小番茄跟大部分的孩子一樣，曾經擁有「族繁不及備載」的動物娃娃，最後，只剩下兩隻是她隨身攜帶的；一隻是褐色、懶洋洋趴著的沙皮狗，臉部表情充滿童騃懵懂，好像在花園沙地上睡覺，一覺醒來發現原本人聲喧嘩的屋子安靜極了，陽光照著牠的眼睛，幾乎令牠睜不開眼，牠又趴在沙地上，思考到底是主人搬家忘記牠，還是自己正在作夢？

另一隻是有點髒兮兮的小兔兔，牠的大暴牙使牠看起來賊賊的，好像剛看到一個粗心的農夫忘了挑走一擔胡蘿蔔，而且附近只有牠而已。

小番茄每天擁著牠們睡覺，如果大人帶她出遠門必須在外過夜，她一定背起娘娘買給她的、綴著一大堆動物香包的背包，裡頭放著狗兒、兔兒，小動物們搖來晃去的，她像是背起動物園要去探險的小孩。

大人們都知道，小番茄會對她的寵物自言自語，有一天，娘娘聽到小番茄對沙皮狗說：「起來，還睡覺！媽媽幫你洗澡澡！」

娘娘說，也許小番茄從小聽到的是：「娘娘幫妳洗澡」、「姑姑幫妳洗澡」、「阿嬤幫妳洗澡」，獨獨沒聽到「媽媽幫妳洗澡」，所以才藉著狗兒進行自我補償吧！

大人沉默了一會兒，得到的結論是，那隻沙皮狗的肚子有點脫線，該幫牠縫一縫了。

# 自己去找

喜愛園藝的人都知道，同樣的樹苗，種在土壤裡與花盆裡的成效差異甚巨，那怕兩者毗鄰，照顧的方式一致，也很容易看出生長過程的高低。問題出在泥土嗎？似乎是。想來想去，歸諸「格局」。

花盆的格局太狹窄，根鬚伸展之後碰了壁，樹便受到壓抑，無法做擴張性的成長，如果你曾經從盆裡拔出枯死的樹根，看到埋在泥土下一棵樹的成長記錄，你不免替它感到惋惜，根鬚盤成一餅雞絲乾麵似的，像一個受盡挫折的人的內心。

把樹種在花盆裡，別的不說，最大的好處是可以隨意裝飾、移動，打些緞帶蝴蝶結啦、從窗台移到客廳啦，喝剩的茶水順手一倒就是澆花了……。樹長不大沒什麼關係，反而長大了會破壞空間的平衡美感。

養小孩也一樣吧，拴在身邊，做父母的心裡踏實，最好把孩子變成永遠長不大的透明人，一根心思、一顆小痣都看得清清楚楚，不獨掌握他的身與心，連時間與空間都一手駕馭；幾點出門、去那裡、跟誰、做什麼事，幾點回來、怎麼回、誰送的……，尤其現在通訊方便，孩子前腳才踏出門，做父母的已經準備電話查勤了，連說點小謊的自由都沒有。這種花盆式的豢養法，孩子如果不是提早採取激烈的叛逆手段以獲取自由，就是自小習於在表面上當順民，內裡滋長逆向性格；要不，就是馴服到底，變成讓別人來替他決定命運的人。

有一回，在麵館吃麵，對面桌坐一對母子，小孩約是國一年紀，做媽媽的沒吃，麵端出來，小孩吃將起來，媽媽立刻拿出三軍最高統帥的本領：「把蔥挾掉，蔥不好！」「先別喝湯，光喝湯你麵吃不下！」「嚼慢點嘛，你看你，吃那麼快噎著怎麼辦？」「嘖嘖嘖，菜葉子有蛀洞，眞是的，別吃，我幫你挾掉！」「湯辣不辣？太辣就喝少一點！」

小孩沒說話，媽媽一個口令他一個動作，我差點吃不下麵，很想跟那位媽媽建議：「您去散散步，讓他自己吃行不行？」當然沒說出口，除了不宜冒昧管人家的事，大約是心情沮喪極了，連話都不知道怎麼說較好。

沮喪的原因是，看到這位小男生往下的人生都被鎖碼了，他的溫室（或無菌室）使他喪失很多機會去學習探險與獨立思考，他可能變成娶了老婆卻還在吸奶嘴的男人；他也可能在某個階段劇烈變身爲哪吒，剔骨剔肉奉還父母，變成他的母親完全不認識的人。

愛，有時沉悶得讓人窒息。

我把麵館的事告訴娘娘，希望大人不要因爲心裡覺得小番茄的身世可憫而給予加倍呵護（或監控），誰也無法替別人彌補其對另一個人的虧欠或遺憾，誠如，娘娘無法替小番茄的媽媽彌補她對小番茄的缺憾，娘娘只能讓小番茄在日後覺得失去一份媽媽的愛但多得一份娘娘的愛而釋懷。至於失去媽媽的缺憾，那是小番茄的功課，每個人身上都有幾件功課，小番茄也不例外，她若能靠自己的思索得到解答，長大後與媽媽續生情感，發展屬於她們的相處之道，那麼小番茄便是有福的人。

「以後，不准在小番茄面前講她媽媽的壞話，用代號也不可以，我們必須替她們預留空地！」娘娘嚴肅的向家人宣布。

至於加倍呵護的事情，還好大人們都忙碌所以沒有發生，小番茄像一般的小頑童在不同的階段發展她的探險樂趣與處理問題的能力。

有一天這個古靈精怪的小女生悄悄對娘娘說：「告訴妳一個祕密，妳找不到妳的新圍巾在那裡？」

娘娘也用耳語對懷中的小番茄說：「我也告訴妳一個祕密，妳找不到我幫妳買的故事書在那裡？」

「在那裡？在那裡？」小番茄急了。

「自己去找。」娘娘說。

# 口吻與筷子的關係

你用什麼口氣跟人講話？「霸王型」、「奴僕型」、「先知型」還是「好友型」？有個朋友的丈夫用這種方式講話：「老婆，茶！」意思是：去幫我泡杯茶來。通常，話愈短，權威口吻愈強，也愈接近人見人厭的「霸王型」。

另一種，極委婉、曲折、充滿奴僕口吻：「求求您，請您行行好，您待會兒泡茶時，如果不會太麻煩的話，順便幫我泡一杯，謝謝！」（只差沒說：「我一生一世都會記住您的恩德！」）

「奴僕型」的也令人受不了，要是有人天天用這種口吻跟你講話，你大概一見到他就緊張起來，立刻一疊聲：「好好好，要什麼直接說，不要客氣，小事啦，別放心上……。」

還有一種是「先知型」，講話喜歡炫耀自己的智慧，因此，常出現這種口頭禪：

「我這樣講你聽得懂嗎？」「你有沒有了解？」「你要搞清楚！」這種人實在令人討厭。

能夠像好朋友一樣享受言談樂趣，不管是討論工作或交換生活感受，眞是難得的福氣。好朋友是彼此已有信任基礎，相信對方所說的話皆是出於善意與關懷，那怕所議之事是對方的專業範圍或是深具經驗，他也不會用令你難堪的權威口吻指使你、威嚇你必須照辦，他的口吻如春風拂柳，讓你覺得是個「有價值的建議」，你會愼重考慮。

「老婆，茶！」或「小李，去銀行甲存。」或「林小姐，講多少次了還錯，用點腦袋行不行？」如果有人用這種口吻對我講話，我會很有耐心的偷偷錄音，再找個適當時機把錄音帶送給他，我會這麼告訴他：「如果有人用這種方式跟你講話，你的腳趾頭舒服嗎？脊椎骨舒服嗎？膀胱舒服嗎？」

很多父母不自覺的用霸王口吻跟小孩講話，又大量夾雜笨、蠢、煩、不聽話、不乖、沒路用、頭殼壞了……之類的字眼，譬如：「叫你去寫功課還賴在這裡幹什麼？成天打電動，有沒有出息啊？」「買什麼電腦！同學買你也要買，他考一百分你怎麼不考一百分？」……

假如一個小孩平均每天聽父母講一百句話，百分之六十以上都是這種口吻，他大概在幼稚園中班時就想「離家出走」。

調皮的小番茄常常把大人弄得心浮氣躁的，而大人們也就常常出現口氣不太好的談話方式。那段時間眞是難熬，大家才發現不久前爲小番茄會走路了、會講話了而高興得像猴子似的場面，如今想來有點反諷。大人們急遽淡忘當時的喜悅，覺得每個小孩到某個階段自然會走路、講話，眞搞不懂當時怎麼會快樂得像「沒見過世面」。這種心理轉變不難理解，因爲小番茄太會走路、太會講話，兩項加起來等於「太不乖」了。

舉個例，她的餐桌禮儀實在太差，無法乖乖坐好把飯吃完；她一會兒要坐在娘娘與大老之間，於是原本坐那兒的人跟她換位置，一會兒要坐在爸爸跟另一個大人之間。「妳到底要坐那裡？」當然，有個大人用不太悅耳的聲音說（其實，是用吼的）。

座位解決後，又有狀況了，她習慣用湯匙吃飯，這粒番茄基於湯匙無法取菜，一路吩咐大人：「娘娘，夾香菇給我！」「爸爸，我要魚！」「要那個！」「要這個！」

大人們覺得她應該學習拿筷子，上桌後只發筷子不給湯匙，她拿得很彆扭，有意見了：

「爲什麼要用筷子？」有個大人立刻發表筷子與中國飲食文化的簡易論文。

「麥當勞比較好，不用筷子！」小番茄嘟著嘴說。

另一位大人提醒她，外面很多餐廳都用筷子，如果她不會持筷怎麼吃飯？

「我自己帶湯匙去！」小番茄反駁。

這頓抬槓飯在某位大人不耐煩的命令小番茄：「用筷子，要不然別吃！」聲中進入暴風圈。

小番茄坐在椅子上垂頭喪氣，眼淚滴滴答答落下。

後來，大人們開檢討會「自我撻伐」，一致同意要改善跟小番茄的講話品質，免得她的自尊心受損，或將來有樣學樣也對別人施行語言暴力。

大人決定同時替她準備筷子與湯匙，讓她可以自由選擇，再適度以誘引方式鼓勵她使用筷子。

「我早說了嘛，改革必須漸進不能激進！」有個大人很得意的說。

大家面面相覷，不懂這跟改革有什麼關係？

# 003

# 你永遠不知道番茄有多少籽？

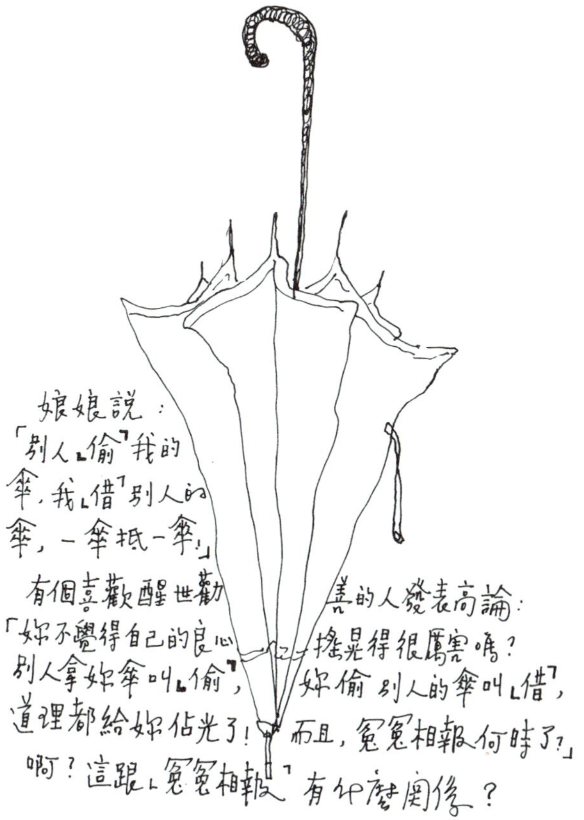
娘娘說：
「別人「偷」我的傘，我「借」別人的傘，一傘抵一傘！」
有個喜歡醒世勸善的人發表高論：
「妳不覺得自己的良心搖晃得很厲害嗎？
別人拿妳傘叫「偷」，妳偷別人的傘叫「借」，
道理都給妳佔光了！而且，冤冤相報何時了？」
啊？這跟「冤冤相報」有什麼關係？

# 姓名權爭霸戰

由於傳統觀念與法律制約，一般人仍從父權系統來理解婚姻這件事，因此，不難發現整件事均是由男方主導，家裡娶媳婦比家裡嫁女兒更隆重盛大，也更値得在家族史記上一筆。

沒有人會懷疑這些。也因此，婚後以男方的居所爲居所，生子從父姓，更是天經地義。然而，世間之事，愈是趨近天經地義，有時表示愈沒有空間容納新的可能，而那些不斷在變動的社會中尋覓新機的人，常常必須跟僵硬、機械化的觀念展開持久戰與肉搏戰。

舉例來說，在婚姻模式裡，相對於一般嫁娶的所謂「入贅」，由於是女方主導，顯然就被認爲奇怪，這位進了妻家之門的男士，也被認定爲能力較弱或是缺乏男性氣概的困頓者；但不管怎麼說，若他要求所生子女必須有一、兩個從他的姓，女方也會答應。

就女方心理而言，堂堂一個大男人入贅已是委屈，若不答應部分子女從他的姓，豈不是太不近情理了。但是，這種講究情理的看法，顯然不能普及於一般婚姻模式裡的某些狀況。如果，女方因無兄弟可以延續姓氏，其父母要求男方答應所生子女之一從女方姓氏，以傳遞香煙、祭祀，很可能立刻掀起雙方家族的正統姓氏戰，遍地硝煙烽火，搞得好端端一對年輕戀侶因這場無趣的混戰而宣告分手。你不覺得奇怪嗎？爲什麼「入贅」模式裡可以替男方設下情理空間，而一般婚嫁內卻不給女方保留兩全其美的機會。說穿了，這些都是從男性架構來看婚姻的霸權心態。

因傳宗接代的觀念而重視姓氏傳承本不是什麼壞事，但在多元開放的社會裡若過度抱守傳統的姓氏標示規則，實是搬石頭砸自己的腳；拿前面的例子來說，人家本來可以成爲一對恩愛的小夫妻，就因爲兩造長輩們的「石頭脾氣」，活生生拆散好姻緣，難道爭霸孫子輩的姓氏眞的比看到子女獲得好伴侶更重要？（萬一這對戀侶根本不想生小孩或得了不孕症，豈不是都白爭，而且白白犧牲了姻緣。）況且，話說回來，奢望未來的超級新新人類在家供奉祖宗牌位，每逢清明節規規矩矩去掃墓，可能是痴人說夢。這些小傢伙們比較可能嚼著口香糖朝你吹個大泡泡，說：「我建議你們死後用火燒掉，少搞那些俗裡俗氣的土饅頭，醜死了；話說在前頭哦，清明節別巴望我去掃墓，塞車煩死了，再說，那麼早就要起床，我辦不到。」

小番茄的家族，曾經發生一場姓氏之爭，女方家長以武斷的、頑固的態度表明若不答應所生子女之一從母姓，這樁婚事免談了（只差沒說：「我女兒又不是嫁不出去，非你家不可！」），而扮演男方的小番茄家族，大老們也拿出同樣氣蓋山河的威勢斷然拒絕與人共享「甜美的姓氏權」（只差沒說：「我兒子又不是討不到太太，非你家不可！」）。那陣子，大家都別想過日子，兩個年輕人捲入這場傳統大會戰，幾乎導致情感破裂，萬念俱灰。

還好，總算有幾個較清醒的人從中調停，最後，男方答應女方的要求，小倆口宛如重生，才歡天喜地辦婚事。這件事這麼了結才像話，要不然兩家人口加起來好幾千歲，處理事情不抓牛頭抓牛尾的話，後代豈不是要在家族史上記：「很遺憾，那一代祖先頭殼有點秀逗！」

至於，小人會感激或在意你給他的姓氏、名字嗎？很難說喲，也許他會感謝你爲他捻斷數根鬚才取到的名字；也許，他根本不在意還嫌東嫌西。

有一天，小番茄有點不高興的問：「我的名字誰取的？」

某大人指著另一位大人，露出一副等著看好戲的樣子。

「爲什麼取這麼難寫的名字？」小番茄嘟著嘴，聲音很大。

這位正在挖食紅肉木瓜的大人胡謅一通，說什麼此名配此姓氣象萬千、地動山搖。末了，又很嚴肅的說：「況且，妳這兩個字看起來像兩團黑漆漆的正方塊，將來聯考查榜，一眼就看到了，多方便啊！」聽聽！這顆腦袋的內容物實在不怎麼高明。

小番茄決定叫自己「一」，她在娘娘給她的練習簿上快速的寫好自己的名字。接著，她又嗒呼嗒呼的出來跟大人「談判」，可不可以改個筆劃較少的姓？

改姓？

吃紅肉木瓜的大人以曖昧的眼神看著小番茄，說：「這件事技術上比較困難，我小時候試過，沒成功；這樣吧，妳去努力爭取看看，說不定有機會喲！」

這位大人一面打飽嗝一面喊了聲：「加——油——哦！」

# 傘「偷」了

沒掉過傘的，舉手。沒人舉手。

掉傘沒什麼了不起，有個朋友每次帶傘出門一定掉，眞是超級大寶貝蛋。爲什麼會掉？難道腦容量小到連「我有帶傘」這件小事都裝不下？可能就因爲小事，所以很容易被大腦排泄出去。

不過話說回來，有些人的大腦愈是超級大事愈會排掉，譬如掉兩百萬現金、房契地契之類的，比起來，掉傘就不足掛齒且值得微笑原諒了。

掉傘又分幾種等級，一是自己忘掉，回到家才想起，反正用不著了，肩膀一聳：「無所謂啦！」二是走了一段路後，又下雨了，頓然想起傘掉在計程車上或餐廳，心情有點懊惱，反正路邊多的是售傘小販，再買一把算了。第三種比較嚴重，走出餐廳時你沒忘記放在傘桶的傘，卻怎麼找都不見傘影，心裡有點怒，一定有人拿錯了或是順手偷傘！這時充分考驗你的危機處理能力了，如果有人拿錯，表示傘桶內多出來的那把傘「可以算是你的」。由於你不知道那一把，所以必須捧著傘桶進餐廳，一一向正在切牛排、啜咖啡的紳士小姐打招呼：「先生，打擾一下，那把是你的？」「小姐借問一下，妳有帶傘嗎？請誠實回答？」……，結果，所有的人都非常禮貌且誠實的指認他們的傘，你終於找到多出來的那把，快快樂樂撐傘走入滂沱大雨之中。

可能嗎？百分之九十九點九，不！可！能！

所以你的危機處理能力立刻排除前面那款模式，你只剩下兩種法子：一、自認倒楣，認命的淋雨；二嘛很難啓口，但……這種手法值得原諒，可是又有點說不過去……

小番茄的娘娘帶她到書店逛逛，買點童書之類的。當時下不大不小的雨，當然撐一把花枝招展的傘去囉，等娘兒倆走出書店，傘桶內什麼顏色的骨摺傘、三節傘、拐頭傘都有，就是沒娘娘的；有人拿錯了！不，絕無可能，要知道像娘娘這種從小撿哥哥姊姊的衣服、物件長大的人，一旦擁有經濟能力後，非常強調用品要具有獨特的個人色彩，她的那把法國進口名牌雨傘漂亮得有點招搖呢！

娘兒倆回到家，氣呼呼的一直罵那個「偷傘」的。小番茄活蹦亂跳衝入每間房向家人一一報告案情：「娘娘的傘『偷』了！」

啊！這是那一國文法？她簡直興奮到極點，大概是因爲參與了娘娘丟傘這件大人的事，自動把自己的位階升高以至於「興奮」過頭而不是「生氣」過頭！

「然後，然後我們不要淋雨，娘娘又把傘拿回來！」小番茄說。

糊塗了，糊塗了。難道娘娘破案，從偷傘人手上奪回她的傘？

「別人『偷』我的傘，我『借』別人的傘，一傘抵一傘！」娘娘頓足搥胸，又加一句：「合情合理！」

有一個喜歡醒世勸善的家人發表高論了：「娘娘小姐，妳不覺得自己的『良心』搖晃得很厲害嗎？別人拿妳的傘叫『偷』，妳偷別人的傘叫『借』，道理都給妳佔光了嘛！而且，冤冤相報何時了？」

啊？這跟「冤冤相報」有什麼關係？應該說「傘傘相偷」吧！

「而且……」大善人最喜歡沒完沒了的「而且」下去：「在小番茄面前做這種事，對人格成長有惡劣影響！」

這事七嘴八舌引動兩派人馬熱烈討論，一派說不管何種理由「偷傘」是不對的，另一派認爲基於保護小番茄免受淋雨之害，破例一下沒關係。

最後，大老講了一句名言：「細漢偷挽瓠（葫蘆瓜），大漢偷牽牛。」

意思很明顯，小時候偷摘瓜，長大後就偷牛、偷一切比瓜更大的東西。何況，在小孩面前公然行使，罪加一等。大老只差沒像以前一樣訓斥娘娘：「去牆角跪！」（以前，大老們很喜歡罰小孩跪，以考驗膝蓋的載重力。）

娘娘向小番茄解釋順手「牽」別人的傘是不當的，她以後會戒掉，不再有類似的行爲。當然，結論很簡單，叫小番茄不可以學。

有一個專愛搗蛋的大人悄悄跟娘娘講：「那簡單，以後別在小番茄面前做就行了！」眞是「睿智」啊！大人就是很會以假亂眞以保全大局的人，這種人應該送到保全公司上班，或押到牆角罰跪吧！

# 淋雨的銅像

讓我們想像一下，遠古太初，人類仍遊蕩於曠野、叢林、群山之間進行狩獵活動，由於大自然界充滿不可測的危險，前仆後繼陷於同一處困境的事情一定不斷發生。假設，你是個獵人，剛從某處陷阱脫困而出，驚魂甫定之際，你會不會思考如何告訴後來者這裡有個致命陷阱？當然，你可以一直杵在那兒「哇啦哇啦」對經過的人複述險況，這方法很笨；你也可以設法將陷阱覆蓋起來，這法子也很笨，因爲你可能得做「愚公移山」或「精衛填海」的大工程。於是，你靈機一動，用石頭、樹枝、籐條及死在這兒的人的枯骨，搭一個恐怖兮兮的標示物，讓後來者去猜謎而警覺到附近有奇怪的事必須小心提防。這法子很聰明，不約而同，大家採用你的作法，約定俗成，樹枝交叉綁一粒石頭（假設是這種圖形）就成爲「危險」的共通語言。

依照這種方式擴大發展，現在你不難理解除了交通號誌外，一個社會也需要各式各樣的符號來凝聚共同體意識，政治、文化、習俗、宗教……範疇內，符號發揮了潛在的統轄效果。甚至，家庭有家徽、團體有飾章，那怕參加營隊自強活動，發給你們的T恤立刻標示「同一夥」的群體意識；旅行社也會給同團旅客一模一樣的背包或胸牌，叮嚀「一定要佩戴」；當然，情人裝、夫妻裝、母子裝也有同等效果，尤其情人裝，帶著溫柔的恐嚇意味：「搞清楚哦，我們的關係很親密的，搭訕的話你會腫得很厲害！」

很多人的成長紀錄片裡處處出現銅像倩影，國父、蔣公銅像最多。由於學校導引得非常徹底，每個小朋友進校門時一定先向銅像鞠躬，心中充滿敬畏。有一次，兩個小男生起了小爭執互相扭打鬥嘴，臨進校門不約而同恭恭敬敬立正站好，向國父銅像鞠躬，等走了一小段路，確定國父「看不見」了，又繼續扭打起來。這兩個男生現在變成大男人了，在看見銅像時，依然會有短暫的「害怕」心理而想要就地肅立。

其中一個大男人，生了小番茄。

某日，這位罹患「恐銅像症」的大男人帶小番茄到行政中心辦點事。不知何時起，這棟新落成的大樓門口中間坐了一尊超級龐大的國父銅像；由於屋簷甚窄，那樣子有點像暴露在外。兩道大門進進出出趕著辦事的人一大堆，反正沒擋到路，大約也視而不見了。那天下雨，銅像底座邊擱了七零八落的雨具，有人乾脆把安全帽「暫時」放在偉人身上。這位爹，猛然看見銅像，差點要棄傘立正鞠躬，還好小番茄問了句：「他是誰？」挽回他的神魂，趁機複習一下學校教的關於國父的豐功偉業。

「他好可憐哦，坐在這裡淋雨，會感冒的！」小番茄說。

還好，這小妞沒問：「他感冒了怎麼辦？」要不然，她爹除了要口齒不清的解釋國父不怕淋雨之外，還得「證明」他從來不會感冒的。

# 家庭關係食物鏈

「大魚吃小魚，小魚吃蝦米。」這句話頗能表達食物鏈意涵；台語也有句俗諺：「頂司管下司，下司管鋤頭，鋤頭管畚箕。」只要把前面兩句話的邏輯模式靈活運用，更動名詞、動詞，不難得到類似：「媽媽管二哥，二哥管小妹，小妹管爸爸……」的家庭關係食物鏈。

一個家族裡，表面上是依長幼次序定其尊卑、分配權力，就算如此，也會形成奇妙的圓形動線。比如說，年紀最小的那個，照這套權力分配架構來看，應處於最劣地位，每個人都比他大嘛，他那有什麼權力？弔詭的是，每個人都因爲他年紀最小而寵愛他，結果，他反而比別人更容易「咬」住權力最大的那個人，左右其想法、作爲。

有些家族則出現跳躍式食物鏈。譬如說，誰也勸不動頑固的老爸，只有大孫女可以讓他言聽計從；那麼，這位大孫女聽誰呢？她媽媽也管不住，只有二嫂的話她聽得「耳朵趴趴」（台語）。依此搜尋，又是一張家庭關係食物鏈了。

畫「家族樹」可以了解代代傳續的狀況，畫「食物鏈」找出生剋脈絡，對家庭人際關係的管理與運用有莫大幫助。

處於同一個屋簷下，照理說跟家人的溝通應該比跟外頭的人更容易且密集，然而事實往往相反，大概是一家子吃同樣的米、喝同一個水庫的水又有共同的大包袱（裡面有很多本不太好唸的「經」），再加上偉大的基因工程作祟，家庭成員很容易在同一件事上掏出同樣的性格缺點。最後，該解決的事情被擱在一邊長蜘蛛網，大家在比誰的「固執」較硬，誰的「火爆」較激烈，還有，誰的「心眼」最小，誰的「冷戰」戰鬥力第一名。走到這一步，實在應該頒給每個人「榮譽博士」學位。

跟家人也得講究軟硬兼施，所謂「硬」是講一套顛撲不破的道理，「軟」當然是動之以情。這時候，那張家庭關係食物鏈表就派上用場了，要解決兩造衝突，有時必須境外轉運，透過兩人或多人之口，敉平兩造情緒，誠意解決事情。

人人肩上一袋「家務事」，煩不煩？很煩，但不處理的話會更煩。所以，總要有一個「天縱英明」的家人隨時待命點召，一有問題，他便依循食物鏈表去「化緣」。比如說，三哥要結婚啦，老媽擺出的架勢是：「除非我死了，否則那女人不准進門！」接著就發生一連串可以寫成一本《完全虐待手冊》的事件啦，然後兩造開始「晒棉被」，把陳年舊事，連床底下的芝麻也搜出來大發議論。由於這個老媽是自尊心極強、鋼鐵性格的人，她生的兒子充分得其眞傳，簡直要變成基因聖戰了。

類似這種節目在大多數家庭中「放送」，只是情節輕重不同罷了。如果有一個人善用迂迴側進的食物鏈關係，也許可以阻止家人關係惡質化。畢竟，明明有個家，卻搞得「無家可歸」的感覺，這滋味不算好受。

言歸正傳，千萬不能忽略小人找食物鏈的本領，說不定我們大人還得向他們學習。

有一年夏天，小番茄想要游泳，由於她犯了一些小錯，屢勸不改，娘娘下了「禁泳令」。這傢伙知道其他大人不會犧牲假期帶她去游泳的，唯一會運送她遊山玩水的人就是娘娘，而娘娘「臉色」正處於「很不好看」時期。小番茄靠她長期的觀察與摸索，從超級大老那兒下手，傾訴類似游泳對成長中兒童有正面積極影響的論調（用小人的話說：「誰誰誰會游泳，游好長哦，我都不會，我好想會游泳啦！……」），於是，大老跟小番茄的爸爸講，這位天才老爸雖然很想帶小番茄去，但工作實在太忙了，良心抽搐得很厲害，因此特別「央求」他的妹妹也就是小番茄的娘娘帶她去。娘娘陷入困局了，做哥哥的懇請她，若不答應豈不是讓這位自覺命運乖舛的男人心裡不好受，引發類似「要是有個太太在身邊多好」的自怨自艾情緒；可是若答應了，又破壞自己的「禁泳令」，喪失「公權力」。

就在這節骨眼，超級大老很無邪的問小番茄：「我有跟妳老爸講，怎麼樣？他有沒有要帶妳去？」只見小番茄慌慌張張的：「噓！噓！現在不要講啦！」因爲，娘娘就在旁邊。

這下子穿幫了，原本面露掙扎表情的娘娘因識破這粒番茄詭計而變成更不好看了。「我是那麼容易就被妳打敗的嗎？」娘娘說。

有個大人臨時想出「將功贖罪」法，如果小番茄能在十分鐘內，把所有屬於她的「小字輩」用品：小髮夾、小別針、小手帕、小狗熊、小綠鞋、小紅鞋、小人書、小筆盒……全、全、全部整理好（這位大人下命令時，因興奮過度會有輕微口吃現象），明天就可以去游泳！

這件事雖然圓滿解決，但從此這戶人家的食物鏈關係似乎鬆動了，因爲那陣子大家流行講的口頭禪是：「我是那麼容易被打敗的嗎？」

# 媽媽候選人

感情，是一門深奧的學問，應該列入終生學習的範圍。它的深奧，在於充滿不可測的變數，而且其階段性蛻變的痕跡相當明顯，一旦進入另一階段，則很難回復昔日，這也是爲什麼常常聽別人描述「感情冷了、淡了」的時候，從他臉上的表情可以確信，就算取他的首級也無法命令他加溫。

尤其詭異的是，潛藏在感情內的變數，並不會因雙方已有固定關係而減少或消失，多年夫妻、情侶分飛的例子到處都是，數算誰是誰非似乎就落入俗套了。感情就像人的身體健康，一次感冒沒治好說不定擴大成支氣管炎，幾次病痛折騰下來，不垮也半條命了吧！

小番茄的爸爸在離婚之後，當然也試著交女朋友。他是個家庭型的男人，交友的目的自然是覓偶，而覓偶的目的裡又含著替小番茄找個能夠疼愛她的媽媽。

這事說起來很容易，其實可能比登天還難。首先，小番茄的父親並不是腰纏萬貫、風度翩翩的美男子，會與他在眉目間情意盪漾的女子並不多（大約用五根指頭來數就夠了），好不容易遇到互相萌生好感的女孩子，兩人傾訴身家故事時，一聽到家裡有個嗷嗷待哺的女兒，想到結婚後得「接收」全部責任，便一一「落跑」了。現代人不像上一代那麼「笨」，碰到什麼事就守本分擔當起來，不太會從自己的角度去衡量值不值得，或討價還價走較輕鬆的路。這也是沒辦法的事，社會趨勢如此，以至於條件好的愈好，不好的似乎愈來愈不好，形成贏家通吃的現象。

總算拜各方神佛保佑，遇到一個不在意他有個稚齡女兒的小姐，而且心理做了準備要與調皮搗蛋、有點被寵壞的小番茄相處，兩個大人也開始籌劃以自然的方式帶小番茄出遊，培養「愛的細菌」，看樣子這三人是滿有可能在愛菌的感染下組成小家庭。事情發展到這兒，一定是大家樂見的，也是有類似遭遇的人最祈求走到的地步。然而，天底下沒這麼便宜的事，世間很多簡單之事最後弄得百般複雜，就在於相關人士各有一套立場、觀念，每個人永遠站在可以使他的觀念取得優勢的位置，而幾乎無法放寬視界去宏觀全局，找出對大家較好的解決之道。

舉例而言，對一個願意做後媽的小姐，男方的大老們可能會比誰都神經質起來：

「爲什麼她肯當後媽？一般條件好的小姐才不肯這樣委屈呢！嗯，她一定有什麼不可告人的祕密，說不定……」這叫以小人之心度君子之腹。接著更可怕的是付諸實現，到處打聽這位小姐是不是有「瑕疵」？弄得小姐與她的家人心裡不舒服，就她們的立場來看，要嫁給有小孩的男子已經有點委屈了，怎麼男方家人這麼不明理，到底誰高誰低，都沒弄清楚。

男方大老的第二種疑慮是，怕小姐不疼她們的寶貝孫子。由於大老心裡一直覺得小孩身世堪憐，因此對「疼愛與否」一事特別敏感，無形中就對這位未過門的小姐細細「審查」起來，要是對方稍有不周延之處，很可能被談論半天，甚至在心裡記了一次小過。

什麼叫做「疼愛小孩」呢？實在是見仁見智的事。大老們應該扮演審判官，把個個前來「比賽」的小姐都淘汰掉，還是學著做月下老人，從旁協助有勇氣當後媽的小姐，把家給建築起來？

小番茄跟著她老爸出門約會好幾次之後，她已經了解「阿姨」即是「媽媽候選人」的意思。小傢伙精得很，當老爸與大老分別問她喜不喜歡「那個阿姨」時，她一律回答喜歡。因爲經驗告訴她，大老們對那個阿姨的觀感才是關鍵意見，她說喜歡或不喜歡都於事無補。

幾次戀情失敗後，小番茄的老爸又認識一個小姐。有一天，他打扮整齊，想帶小番茄去約會。正在看「一休和尚」卡通的小番茄頭抬也不抬，指了指大老房間說：

「帶她去才對！」

# 破功了

小番茄終於要上幼稚園了，她的家人等這一天等得快受不了。雖然這麼說有點令人汗顏，好像恨不得把燙手山芋丟出去般，可是……可是……唉！事實就是如此。

本來，前一年就有人提議送她上幼稚園，這小傢伙一副精明模樣，愈來愈會跟大人「頂嘴」，以前教她的小歌、小故事、小詩，她都膩了；大人沒時間「充電」，也變不出什麼有趣的把戲「治」她，因此不約而同想到幼稚園這個「集中營」——有時，小傢伙暫時消失一下，對大人而言是個恩典。

不過，那時候小番茄還顯得很怕生，到陌生地方或家裡有訪客，她就出現一副脆弱、受到驚嚇的小鳥模樣，令人擔心將來的社交能力有沒有問題？可是，跟自個兒家人，又一副地頭蛇賊樣，天不怕地不怕的。基於她跟陌生人交往的興趣與能力未成熟，家人們同意再擱一年，但必須積極培養跟外在世界交往的興趣。

「都是你們，把她寵得跟飼料雞一樣！」某個大人對大老說。

「少被她騙了，小番茄一點都不害怕跟陌生人打交道，別忘了，她懂得『技術性』迴避她不想做的事！」一個觀察力細膩的大人說。

「小人有這麼厲害嗎？」

「那當然，要不然爲什麼去麥當勞她就肯跟陌生小朋友玩，而且玩得都不想回家；帶到幼稚園門口，她就哭！要是幼稚園看起來跟麥當勞一樣，她當然愛去！」

這就有趣了，爲什麼「幼稚園」看起來就是「幼稚園」——讓大人很放心把小孩「塞」進去的地方。而小番茄可不這麼看，這關係到她個人小小的快樂感受，她比大人更敏感的覺察到這地方能否令她快樂。

經過一年的努力，譬如大家盡量向她「宣導」幼稚園是多麼有趣的所在，又儘可能在散步中不小心繞到某家幼稚園門口，看小朋友玩遊戲，再趁機感嘆：「唉！我要是能上幼稚園多好啊！」或是跟親朋好友打電話時，不經意問他們家的小朋友上幼稚園的情形，再用誇張的口吻說：「眞的呀！那麼好啊！」這戶人家從來沒像那段時間，集體充滿心機，想盡辦法要誘拐小番茄去上學。幾個有良心的大人晚上泡茶聊天時，不免招認：「唉！我們眞像大野狼在騙小紅帽！怎麼也變成自己當年討厭的那種人了？」

總之，伎倆成功了，小番茄願意上幼稚園。娘娘立刻辦好報名手續，答應某月某日早上，一定把小孩「拎」來。

偉大的日子來了，由於前一天晚上大家完全陷入「明天小番茄要開工」（他們喜歡用怪異的語言紀錄重大事件）的亢奮狀態，不僅晚飯提早吃、澡提早洗，連小番茄的上學配備都弄得穩穩當當，所以次日一早，大家都回到鄉村時期，天濛濛亮就精神飽滿準備幹活了。實不相瞞，大老還要小番茄向神明、祖宗上香，這小傢伙平常耳濡目染，也很老到的禱唸：「神明公公，我要上幼稚園了，請您保佑我！」整個場面，眞像寒窗苦讀的書生要赴京趕考。

最後，穿上大老親手裁製的紅色長褲的小番茄，指定大老也要陪她去上學。於是，娘娘、大老變成左右護法，好像護持「小媽祖出巡繞境」一樣神聖。

「累死了！累死了！」娘娘一回來就大剌剌喊出眞心話，神情好似剛下戲的演員。大老是資深母親，比較慈祥，臉上流露無限回憶的光彩。咳！鼻屎大的小孩也會長大的，令人欣慰又令人悵然若失。

還沒坐定，幼稚園打電話來，只聽到娘娘說：「啊？眞的啊？這樣子啊？好好好，我現在就去！」

「怎麼了？」大家問。

「叫我們去把小孩『拎』回來啦！小番茄哭著要回家嘛，吐得到處都是！」

還記得嗎？小番茄一哭就會吐的。唉，這一哭，讓全家一年來的努力，都破功了。

# 流寇式幼稚園

凡年齡在三十歲左右、鄉下長大的，上過幼稚園的請舉手？啊！沒人舉手，太慘了吧。後面那位小姐，妳怎麼舉手又放下呢？

「因爲……我是有上幼稚園啦，不過，只上三天而已！」

「爲什麼？幼稚園搬家了嗎？」

「不是啦，因爲家裡正好要割稻，我們小孩子都要幫忙抱稻束給大人打穀嘛，我家田地很多，根本沒空去幼稚園啊！」

「喲！當廉價童工，這是剝奪妳的教育權嘛，妳當時有沒有抗議？」

「抗議？抗議的話會給大人揍的！而且大家都這樣啊！我們那個竹圍的小孩子也跟我一樣，只不過他們唸四天、六天才不去，他們家割稻割得比較晚。」

「那……那幼稚園的小朋友不都走光了嗎？」

「是啊！很正常。」

「好吧，還是請妳談一談三天的幼稚園生活，你們都做些什麼？」

「吃點心。」

這是娘娘參加讀書會後，回來轉述的小故事。當然，那個舉手又放下的小姐就是娘娘。

「妳還上三天，我們根本沒機會呢！」其他幾位大人說，他們都是娘娘的親兄弟姊妹。大家都知道，手足之間很會比較，從美醜（爲什麼妳把哥哥生得那麼漂亮，把我生得這麼醜？）、衣服（姐姐穿新衣服，爲什麼我穿她的舊衣服？）、餅乾數（爲什麼弟弟有六塊，我只有五塊？），還有，最容易引起爭執的財產。娘娘的兄弟姊妹也不例外，不過，他們屬於良性清算而非惡意鬥爭，清算範圍也是雞毛蒜皮之事，每個人的立場搖擺不定，譬如某個人在幼稚園這件事與其他人形成聯合陣線「清算」娘娘，可是在另一件事上又站在娘娘這邊「斥責」另一個人，而其中最尖牙利嘴、雄辯滔滔的那個大人，若言論過於激烈，自然有人治她：「妳應該站在馬桶前反省，我們每個人都順產，就妳，不孝，害阿母差點難產！」由於這招很靈，每年母親節，她常常被分配到「想禮物」這件傷腦筋的事。

總之，那個古早時代的小孩雖然沒上幼稚園，但從生活中所獲得的養分與快樂，恐怕遠遠超過現代的幼稚園。對娘娘這一家手足而言，幼稚園不是在一個固定地點，有上下課、專人接送的機械式生活，他們很自然的與同村小毛頭組成流寇式幼稚園，沒有上課時間表，地點或在晒穀場，或是爸媽的眠床，或屋頂上，當然，田間、菜園、河裡、竹篁，也常常發現一群小流寇的蹤跡。他們有自己的遊戲規則與懲處方式，常常發明出大人認爲很蠢，對他們而言卻很莊嚴的儀式。

小番茄抗拒上幼稚園後，暫時在家當「待業兒童」。娘娘及其他大人雖然同情小番茄生在一個無法實現流寇式幼稚園的社會，但也很節制的不讓這粒番茄利用他們的同情心，在種種好言相勸失效後，這個家族慣用的態度模式是：「隨便妳，妳自己負責，將來別說我們對不起妳哦！」這種模式的應用對象，從三歲到三十三歲，完全沒有差別待遇。

小番茄「想」了幾天——那幾天，沒人再提幼稚園，這種集體態度一定讓當事人不得不「想一下」——她說她要去了。依照社教片，這時候家人一定紛紛摟著小番茄，喜極而泣說：「哦，親愛的，我們以妳爲傲！」算了吧，這種場面絕對不可能在小番茄家中發生，尤其當集體態度形成默契時，當事人所做的決定都是他自己思考後的選擇，並非爲了討好或懲罰他人，既然如此，他人也不會有太激動的反應，他們只會很平淡的說：「嗯，做決定了，很好，該準備的東西要自己弄好哦！明天早點起床，會不會定鬧鐘？不會的話，請娘娘教妳。」（其實，心裡樂得像小鹿亂撞，眞是「假仙」極了。）

第一天，她自己說「吃點心的時候有哭，因爲想吃家裡的仙貝，可是老師說要把點心吃完。」第二天，她一回來就睡覺，累得跟一棵萎了的蔥一樣。第三天，她像一個剛掠奪幾個村落的小流寇，臉上充滿亢奮神情，哇啦哇啦唸了一堆名字。

「我說嘛，我們家有流寇精神，難不倒小番茄的。」某大人說。

「是啊！我開始替她的老師擔心，希望她能堅強地活下去。」娘娘說。

# 牙齒有沒有編號

當昔日成天膩著你抱抱的流口水小人，忽然揹起小書包匆匆忙忙說：「娃娃車來了，快點快點！」時，你心裡浮起一絲悵惘。時間怎麼這樣快？你好想有機會重來一遍，改正過去犯的小錯誤，你相信你會做得更好。

通常，這就是媽媽們想要懷第二胎的神祕期間。當你習慣好幾年以小人爲核心的生活，突然發現這孩子再也不需要你餵奶、換尿布了。人要脫離慣性是很難的，那種「失去什麼」的感覺像濃霧一樣久久無法散去。

所以說，做媽媽會上癮的。「下一個呢？換下一個！」媽媽們的心裡有個聲音在喊，於是，第二胎就來了。

但是，對娘娘而言，她沒辦法喊「下一個」。小番茄雖是她陪著長大的，卻是哥哥的小孩。她自己才二十五、六歲，就人生進階而言，連男朋友都未達到穩定狀態，而且也像大部分新人類一樣，不贊成太早結婚甚至高喊：「結婚幹嘛？找罪受！」

人生就是這麼有趣，娘娘腳跨兩條船，一條是她這年紀小姐們的現代遊艇，一條是從古早時代就有的媽媽潛水艇。所以，小番茄上幼稚園後，娘娘的情緒陰晴不定，下了班回到家，嘮嘮叨叨嫌這裡髒、那裡亂，甚至在大家看電視、吃水果聊天時，悶不吭聲推著拖把擦起地來，像個備受虐待的女傭。

幾個大人注意到她的異常行止，紛紛以風涼話相激：

「怎麼啦？現在相親節目有拖地比賽啊？」

「欸，順便幫我把腳底拖一拖！」

「跟男朋友吵架啦？」然後嘰嘰咕咕笑成一團。這個家最擅長落井下石式的嘲諷。

「你們最好把牙齒編號一下！」娘娘一手扠腰，一副潑辣樣。

「編號？」某個楞頭楞腦的大人說：「爲什麼要編號？有什麼好處？」還齜牙咧嘴秀他的牙。

其他大人已經會意了，笑得花枝亂顫，就這隻呆頭鵝老實。

「她的意思說，如果你的牙齒有編號，待會兒她把你揍得滿地找牙時，你才能依照1、2、3……編號把牙齒裝回去啦！」

從此後，「牙齒編號」成爲這個家的流行威嚇語，連帶的也不難發現某個大人一面看報紙一面挺著舌頭數牙的蠢相。

娘娘很快克服憂鬱，其實，她的個性像滾開的水，不會儲存負面情緒，什麼事情都是大鍋大火翻炒，一會兒就沒事了。

她好像重新找到做娘娘的階段性任務，期待她的小番茄成爲幼稚園裡最受老師注目的學生之一。

「我覺得，那些小朋友沒有一個比小番茄漂亮！」娘娘說。

「每個媽媽都會認爲自己的小孩最漂亮、最聰明，虛榮嘛！」某個大人說：「就是這種競爭心理害慘小孩的，妳少給小番茄不當的壓力，幼稚園就是交朋友、練習人際關係嘛，妳說對不對？小番茄！」

「對，我交很多朋友，有中班的、有大班的！」那粒番茄沒一刻安靜，在沙發上豎蜻蜓，大家也不會「斥責」她坐好，那是違反她的天性的。

「啊！人際關係拓展到中班、大班了！她……她上小班不到兩個禮拜，那……那不就是『很會交際』嗎？這不好耶，她以後長大了會不會變成……」那位楞頭楞腦的大人不敢說出「交際花兒」四個字，怕娘娘又威嚇：「你牙齒有沒有編號？」

至少，小番茄很喜歡上學，適應能力不錯。他們家族對出資優兒童、曠世奇才沒什麼野心，只希望每個小孩找到自己的一套本領，橫有橫的躺法，直有直的站法，那就好了。

「人際關係好也不錯，小番茄懂得跟人相處，這輩子比較不寂寞。」娘娘說。

當然，細心的娘娘已事先跟老師說明小番茄的家庭狀況，希望老師對小番茄的私下談話以「娘娘」代替「媽媽」，免得小孩子無法描述而產生自卑感。

懂得跟小朋友打成一片也有出乎意料的狀況。有一天，小番茄一回到家就「秀」膝蓋上的破皮，說有個中班小男生推她，害她跌倒。

「那妳怎麼辦？」大人問。

「我也推他！」小番茄說。

「這不太好耶！」大人說：「很危險，要是他受傷了，妳心裡也會難過的呀。這樣好了，下次碰到這種情形，妳就大聲的跟他說……」

「你的牙齒有沒有編號！」小番茄答。

大人們都楞了，要是老師知道這句話的出處，這個家豈不是變成校園暴力的罪魁禍首！他們決定不再用這句了。

「這樣好了，換成『你知不知道我皮鞋穿幾號？』嘻嘻嘻……」某大人說完，自己笑彎了腰。

「我怎麼知道你穿幾號鞋？」又來了，那個楞頭楞腦的說，他永遠無法想通那句話是要踹人的意思。

# 貼紙秀

當小番茄被送到幼稚園「託管」後，她的家人像從牢裡放出來的竊賊，個個因重見天日而對未來有了更新的期望——這樣說，聽起來滿冷酷的，好像小番茄的家人巴不得把她送走似的。其實不是，由於小番茄比一般小孩活潑、好動，又對周遭事物保持高度的探險樂趣，長期以來讓家人的精神一直處於緊繃狀態。現在，她每天至少有三個小時不在家，家人可以喘口氣，從容的上美容院做個頭髮啦，逛逛街啦，就算不出門，把家裡清掃乾淨也怪舒服的。而那些在外上班的大人，也不必一進辦公室就接到小番茄的追蹤電話，他們一想到這粒番茄跟他們一樣被「困」在教室安靜的聆聽教誨、不許亂跑亂動，心裡就浮起「嘿嘿，妳也有這一天啊！」的竊笑。

真是沒有溫暖與同情心的一家人。

然而，這些大人們也不可救藥的個別陷入幻想。他們痴痴的看著愈長愈漂亮的小番茄，綁著兩條辮子，在桌前整理她的小書包，心中浮現一個博學多識的女教授身影；他們很肯定只要小番茄「好好努力」，她會成爲同代中最優異的學者，年紀輕輕就成爲某領域的「大師級」人物。當他們看到小番茄站在客廳茶几旁畫畫，筆觸生動，用色大膽，洋溢著無法抑制的熱情時，又悄悄幻想她會成爲驚動畫壇的天才畫家，飲譽世界（或稍微謙虛一點，馳名海峽兩岸）。當他們又發現小番茄用繩子穿著電鍋內鍋的兩個小耳洞，斜背在身上，用筷子敲打鍋底「演奏」得有模有樣時，情感豐沛的大人已經預見小番茄優雅的站在國家音樂廳臺上展露小提琴家（也許，鼓比較吻合）的丰采，觀眾們如痴如醉，眼中閃著薄薄的淚光……

「吵死了，我看妳以後去送葬樂隊打鼓好了！」某位大人說。他立刻因「羞辱」一位資優兒童而被大老們厲聲喝斥。這個家一向有集體歇斯底里傾向，一旦流行做什麼夢，凡是有人出口牴觸必受到譴責；那陣子「神童夢」做得如火如荼，大老們大概把家鄉及台北有名的寺廟全拜遍了，其中一位大老，還報名進香團，到北港朝天宮許願。

這個夢沒多久就雲消霧散。娘娘與幼稚園老師密切溝通的結果，發現小番茄花在調皮搗蛋上的天才要比學習能力更出色。

「老師說妳上課跑出去，怎麼回事?」娘娘問。

「我去中班玩呀！」

「你們老師在上什麼課？」娘娘想知道爲什麼她小小年紀就會「蹺課」？

「唱歌啊——」小番茄答，自己又嘩啦嘩啦用最快速度唱一遍，簡直像絞帶子的錄音機。

娘娘猜想，像她這麼沒耐心、好動的小孩，對已學會而老師不斷重複的課程一定會失去興趣，難免像一隻花蝴蝶到處串門子，那裡有趣就到那裡採蜜。

可是，這種習慣一旦養成，以後進入教育體制，那有可能讓你這堂課逛到三年級聽國文，下堂課轉到二年級聽數學，下下堂再回一年級上體育。用脊椎骨想都知道，校長會這麼說：「小番茄，妳以爲學校是狄斯耐樂園嗎？要是每個學生都跟妳一樣，乾脆到學校看電視，每個人發一個搖控器算了！」

所以，無奈的娘娘爲了小番茄的將來著想，不得不以哀怨的表情央求小番茄盡量遵守上課規則，別自作主張到處「轉檯」；要是老師講的課妳已經會了，覺得很無聊，那……那就在心裡想一想看過的故事啦，或是有趣的事。（接著，利誘之）如果妳很乖，娘娘會帶妳去墾丁玩，住大飯店哦！

眞是悲哀，一方面同情小番茄對不喜歡的課程的無趣感，一方面又必須鼓勵她繼續無趣下去。有一個大人建議再觀察一陣，若無法改善，乾脆接回來自己教。

「誰教？叫媽祖婆教啊？」有人說。的確也是，這個家大人雖多，卻各有各的事業與生涯規劃，那有可能專職教小番茄學習。最好的辦法還是請小番茄自求多福，學習摸索解決之道；人生長得很，凡事替她打點好，相對的剝奪她自力更生的能力，以後會變成「軟腳蝦」。所有的人都不希望這個家出現這種海鮮，雖然他們一家老小都是海產迷，在餐桌上。

又有新狀況。小番茄遵照娘娘指示，上課時不再串門子了；但她忽左忽右跟小朋友講話，老師在前面「嘩啦嘩啦」，她在中間「吧達吧達」，簡直是師生比「嘴功」嘛！老師不得不制止她：「小番茄，把嘴巴閉起來！」老師說完，又繼續上課了。

坐在椅子上的小番茄靈機一動，從書包裡拿出動物貼紙，有眼珠子的那種，一一貼在十根指頭上，自己演起小劇場來了；這根動動，那根動動，一起動動，那些狗啊貓啊兔啊好像活起來，逗樂得很；小番茄樂歪了，吱吱亂笑，前後左右的小朋友嘩的全圍上來看小番茄表演貼紙秀，個個笑得跟潑猴似的。老師臉都綠了。

這條罪狀很快被娘娘知道了。

「妳不是答應我嗎？為什麼吱吱喳喳劈哩吧啦（數落的話，不必細述）……」

「沒有呀！」小番茄說。

「那，爲什麼……老師……小朋友都……沒辦法……上課……。」（也不必細述）

這次，小番茄可理直氣壯，她說：

「小朋友自己跑來看的啊，我又沒有講話！」

# 龍床上的輪胎

在娘娘「茹苦含辛」（她堅持大家要用這四個字形容其豐功偉業）把小番茄拉拔長大的過程中，這位現代時髦女孩一點也沒有虛度青春，她交了男朋友，而且戀情節節高升，套句股市用語，每天都是「漲停板」。看樣子，這兩口子應該可以穩定的走到「琴瑟和鳴」的境界——如果沒什麼意外的話。

娘娘交男朋友根本不稀奇，她一直很有人緣，從學生時代開始一天到晚有男生打電話到家裡來，由於不止一個，她的家人向她報告來電者時總會陷入集體混亂，這個說：「有個男的找妳！」那個也說：「剛剛有個男的找妳！」到底是兩個男的，還是同一個人打兩次？反正這個家一向有胡塗傾向，家庭「行政管理」很糟，娘娘也沒轍。有個大人乾脆建議娘娘把男、女朋友們編號，來電時只要報號碼就行了。

結束上一回合的戀情之後，娘娘有段時間不問「世間男女事」，專心伺候那粒小番茄，後來認識現任男友「輪胎先生」——這個綽號是娘娘的家人賜下的，由於他從第一次約會起，就「命定」成爲娘娘與小番茄的交通工具，開車「運」她們上餐館、逛百貨公司、到陽明山洗溫泉……，當然，也得安全運回家。而他得到的報酬是，一起進家門，上個廁所。

由於局勢所趨，娘娘這次的戀情完全沒有經過「潛藏期」，輪胎先生立即曝光。在毫無預警的情況下，娘娘的家人一見到有「外人入侵」，其驚惶失措宛如一窩老鼠見到貓，打赤膊的立刻穿衣服，著短褲的火速換裙子；茶几上杯盤狼藉，風一般有人收進廚房。一改平日邋遢鬆弛的家居習慣，個個變得端莊嫻淑、溫文有禮起來。然後，依照慣例，大老上場，開始進行「身家調查」：家住何處？幾歲？工作經歷？家中尚有何人？每月收入？興趣嗜好？健康情況？……

陪坐的大人幾次把話題「盪」開，免得嚇壞初次上門的輪胎先生，可是大老就是有本領輕輕導回正題。這也不稀奇，只要見識大老在火車上不費吹灰之力摸熟一節車廂百分之八十乘客的目的地、身家輪廓，像人口普查員，誰都會同意像大老這種人才實在是失栽培，要不然一定變成中華民國有史以來最偉大的情報員。

輪胎先生長得憨實，聽他講話，家人一致認爲他的脾氣很好、有耐心。相較之下，娘娘的「火灰性」（像火後餘灰，風一吹漫天飛散，沒多久就平息了。）顯然修養不夠，她的家人幾乎立刻提醒她：「脾氣要改一改，學學輪胎先生！」

小番茄是娘娘與輪胎先生的戀情關鍵人，就娘娘而言，如果輪胎先生對小番茄不耐，或言辭間有任何不悅耳的成分，娘娘絕不考慮跟他交往。出人意料之外，他們的第一次約會在小番茄充分發揮調皮搗蛋天性下，竟輕鬆跨越靦覥、緊張的門檻，立刻進入老夫老妻似的粗言粗語狀態：「你去結帳，我帶小番茄去上廁所，待會兒門口見。欸！你身上錢夠不夠？」「小番茄，那是娘娘的，不要亂玩。哎喲，妳看看妳的指甲，等一下上車叔叔幫妳剪指甲。」

他們三人手拉手，那畫面分外眼熟，真像推廣家庭計畫的宣導片，如果再配上「兩個不算少，一個恰恰好」之類的文字，那就更像了。

一回生、二回熟，沒多久輪胎先生已經跟這戶人家的老老少少熟得好像一家人了。大老要大人打電話叫輪胎先生晚上來吃飯，由於這戶人家彼此「通訊」不良，另一個大人也打電話叫輪胎先生過來吃飯、喝酒，還叫他順便買這個買那個。現在，打赤膊的繼續打赤膊，著短褲的也大大方方露出捲毛大腿，一聲吆喝「吃飯啦！」立刻入座，正在狼吞虎嚥時，娘娘下班回來了：

「噫，你怎麼在這裡？你不是晚上有約嗎？」

輪胎先生塞了滿嘴食物，咿咿嗚嗚說：

「本來有約，取消了。」

某大人接腔：「大老叫我們叫他來吃飯。」

娘娘有點糊塗，輪胎先生好像在跟這戶人家談戀愛嘛。

事實證明如此，後來，輪胎先生會禮貌的提醒坐在沙發上的人別打翻茶水。

「午夜十二點以後，」他拍拍沙發：「這是我的『龍床』！」

「是啊是啊！」娘娘說：「放你這個大輪胎！」

對小番茄而言，她的童年生活因輪胎先生的加入變得繁複起來，在親爸爸之外，輪胎先生愈來愈顯露父性，當他們三人一起在麥當勞或兒童遊樂場出現，怎麼看都像親爸媽帶小孩。可是，如果不巧遇到朋友，輪胎先生應該怎麼描述他們三人的關係呢？

「嗯喔，啊……總之……總之一言難盡啦！」輪胎先生只好這麼說。

所有美麗的故事，剛開始都是一言難盡的。

# 漏水的家庭船

每一戶人家都像一條航向未來的船，在有限的時光中朝著未知探險。

船或大或小，航程或平坦或艱困。有的船構造粗陋，一啓航沒多久即崩裂，船上的人各在海中沉浮；有的船身堅固，航程中盡是鳥飛魚躍的風景，逐漸的變成引人注目的豪華客輪。

說起來，固然在起始點上每一條船的優勢劣位或有不同，但一路上必須面對挑戰與變數卻是一致的。成爲一家人意謂著同在一條船上，烈日與險濤人人有分，漁獲與喜悅也是共同分享的。

既然叫「家人」，表示比其他人更多一份牽掛與承諾，老輩的說得沒錯，家是一堵壁，在外面落魄、流浪，有個家就有一堵壁可以靠。

小番茄的家人非常重視家庭，對他們而言，人生的重要任務之一就是讓這條家庭船從險仄的灣道掙脫而出，航向寬闊的海域。就這一點而言，大老們稱得上是英明的領導，雖然年紀愈老愈像需要裸抱疼惜的幼兒，但大人們一想起這個家之所以能安然存續，都虧她們當年咬著牙撐出一片天來，如今輪到孩子們遮風擋雨，也是合理的。

家庭船會長大的，陸續有幾個人踏入小番茄的家，包括性情像百合花一樣令人愉悅的嬸嬸，與娘娘訂婚後常常到家裡來睡沙發的輪胎先生，以及小番茄的爸爸新交往的女朋友——雖然，後來的發展不太樂觀，但那陣子，這條家庭船的確異常熱鬧，尤其沒多久，嬸嬸懷了寶寶。

想想，人生的確有不可思議的奧妙，一群人漸漸聚在一起，交織關係、拓展故事，並肩從年輕走到垂老。

總有一天，船上的人會陸續消逝，換下一批人掌船，而你無法預測他們會不會以同樣的信心護持這條船。如果不能，那麼此時此刻對聚集在大船上的人而言，都是短暫的美好時光了。

從這個角度體會，大約比較容易萌生寬容與諒解吧。

這段時期的小番茄開始面對她的人生課題：媽媽在那裡？

該來的總是會來，雖然大人從看著小番茄在地上爬的幼兒期即準備有一天要面對這個問題，但當那一天來臨，他們才發現再怎麼準備都是不夠的。

也許，在別人眼中，這種問題那算什麼人生大事，而且不認爲會對健康的成長有所妨礙；可是，世間事畢竟不像打疫苗那麼簡單，非當事人不能體會這段心路歷程，從最初的遺憾缺口如何累聚成瘀傷而至於半生黯然。畢竟，再矮的門檻都有人跌倒的。

事情也合該發生。嬸嬸的肚子愈來愈大，小番茄知道有個小寶寶快來了，她當然充滿孩子式的期待，甚至天眞的替他取名字。她問嬸嬸，小寶寶要叫她什麼？

「叫姊姊呀！」嬸嬸說。

沿著話頭往下點名，小番茄自然問：「他叫妳什麼？」年輕的嬸嬸也很自然的回答：「媽媽！」

這事過後，大家還是照舊過日子，絲毫沒察覺孩子的心裡正在發酵。有一天，她從幼稚園下課回家，進了大老房間，開始哭起來，她問爲什麼別的小朋友都有媽媽去接，她就沒有？

後來，娘娘旁敲側擊才問出來，有個到幼稚園接小孩的媽媽大概看小番茄可愛，隨口與她搭訕：「妳媽媽呢？有沒有要來接妳啊？」

似乎不能再以孩子氣來看待小番茄的哭泣，以爲跟跌倒破皮的哭泣一樣，哄一哄就算了。當孩子不是因身體的理由而流淚，意謂著她已經進入內心世界，發現了自己的存在。

大老的處理方式頗不恰當。她抱著小番茄，放聲哭起來。啞口無言夾雜愧疚，大人連自己的情緒都無法處理，又怎能給小孩一個合理的解釋呢？

小番茄用自己的方式解決了問題，就這點而言，大人們不但要向她學習，而且不能再輕忽任何一個小孩的思考能力。

有一天，娘娘到幼稚園接小番茄下課，她原本跟小朋友吱吱喳喳走在一塊兒，看見娘娘，忽然用非常興奮的口吻大聲叫「媽媽」，然後快步向她跑來，一躍摟住娘娘的脖子，像苦兒尋母記的團圓畫面。

走了一段路，娘娘喊瘦了，她才願意下來自己走路。

「妳剛才叫我什麼？」娘娘故意問。

「媽媽呀！」小番茄說，充滿自信。

「小朋友不知道我是『娘娘』嗎？」

「哎呀，妳不要說就好了嘛，他們又不懂！」小番茄說。

從那一天開始，小番茄分得很清楚，在家喊她「娘娘」，出外喊「媽媽」或「媽咪」，她自己決定什麼時候披什麼顏色的外套。

做一個大人，看五歲的小孩用這種方式解決困境，既心疼又不免感到安慰，她會活得很好，因爲她是個會想辦法面對缺憾的小孩。

大人們知道了這些事，不免從尷尬的表情中扯出一點幽默，「等她再大一點，說不定可以當全家的心理諮詢師，到時候，我們都得找她掛號了。」

# 004 酷，是番茄的宿命

娘娘問：
「妳這是畫什麼？」
小番茄嘻嘻哈哈，說：
「被踩破的眼鏡片呀！」

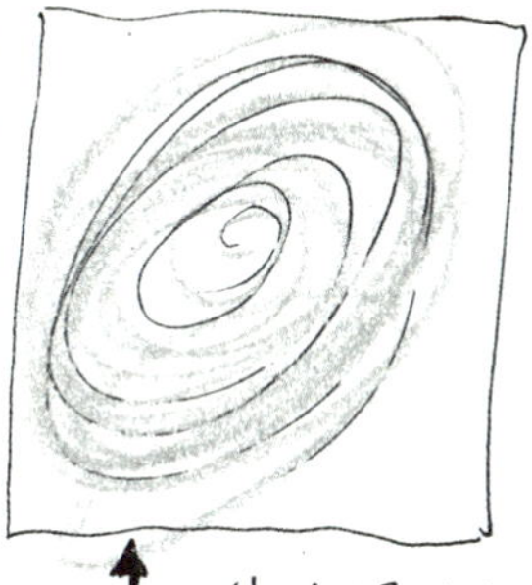

娘娘開始冒火了，問：
「這又是什麼？」
小番茄一面吃布丁，一面
說：「風呀！」

# 老小一起管

據說肯亞古西衣族的媽媽懷抱嬰兒的時間是美國媽媽的三倍，美國媽媽花比較多的時間用來跟嬰兒說話和凝視嬰兒，這兩種不同的褓抱方式，使小孩在相異的期望中成長。肯亞的小孩被期望要與家庭保持密切關係，而美國的小孩養成獨立習慣，嚮往去外面追求寬廣的世界。

不同的書提供各異其趣的育兒理論，讓年輕的媽媽們無所適從，不知道該緊緊的抱住嬰兒不放，還是擱在搖籃裡讓他多哭一會兒訓練肺活量比較好。

寵愛與獨立聽起來是對立的，其實妥善調和，亦有其相容之處。怕就怕在單方面過度，使小孩將來必須花很大的氣力才能自行矯正。中國父母的育兒信念裡，較令人畏懼的是會把自己的人生缺憾或期望轉嫁到孩子身上，犧牲奉獻、極盡寵愛的背後是希望有一天小孩能帶來榮耀，幫他填補缺憾，形成圓滿。萬一，小孩無法榮膺重任，父母哭喊天地的情狀宛如全盤皆輸的賭徒。

過度寵愛，等於剝奪小孩開發各種能力的機會，蓄意使之獨立，也可能造成孩子內心缺乏家庭溫暖的感覺吧！

小番茄的家人雖然重視家庭關係，但也崇尚個人獨立。不過，對大老而言，由於她們的觀念屬於舊傳統，不太搭理新社會的變貌，因此常常把不是問題的問題變成大問題。然而，這也是沒辦法的事，人都是觀念的僕人，一個人必須活在他的觀念裡，才能大步走路、大聲講話，若硬要他改變想法，等於拆他的船、燒他的槳一樣。

自從大老抱著小番茄同哭「沒有媽媽」這件事後，雖然娘娘升官變成「媽咪」滿足小番茄口頭上的需要，但接踵而來的生態改變導致更大的問題。首先是大老們重新陷入憂慼情緒，對小番茄的態度接近縱容、溺愛，而這粒反應機伶、善於察言觀色的番茄很快抓住大老的弱點，以遂其所願。

原本上學坐娃娃車，現在要大人接送；原本會自己洗澡，現在要人幫她洗了；原本建立起來的規律生活，現在「不敢一個人睡覺，會怕！」硬要大人侍寢。當然，原本會遊戲畫畫、看故事書、寫字，現在更有理由胡亂來了。

娘娘拿著小番茄的一張畫，問她：「妳這是畫什麼？」口氣不太好。

偌大的白紙上，只用土黃色筆胡亂塗了一通，那叫畫畫，根本是恨不得把色筆塗乾嘛。

小番茄嘻嘻哈哈的，說：「被踩破的眼鏡片呀！」

好，很好，很有創意。娘娘開始冒火了，但她按捺情緒，拿起另一張畫問：「這又是什麼？」

白紙上只見綠色筆呼嘯而過，繞成幾個大大小小的圓圈，除此以外一片空白。

「颪呀！」小番茄說，一面轉圈圈一面吃布丁，簡直像剛登基的小霸王。

當娘娘看到第三張時，她的火氣已足以烤熟一粒番薯；白紙上用鉛筆畫了幾隻蝴蝶，又劃了個大叉，想必是不滿意之故，懶得找橡皮擦，乾脆用色筆把大叉圈起來。娘娘以僵硬的表情問：「這叫什麼？」她已經在思考用什麼「家法」來治這粒番茄了。

「企鵝媽媽有小寶寶嘍！」她快樂的說，自己又咕咕掩口而笑，顯然也知道故事編得太離譜了。

雖然很佩服小番茄的機智，但是，若因此放任她以這種態度成長，那麼有一天，若她放火燒房子說是給路人取暖，也要敬佩她的胸襟了。

娘娘從來沒那麼生氣，她口若懸河講了一堆道理，然後，在大老面前，拿搔背用的長柄「不求人」打小番茄手心，當然，她的哭聲與娘娘的淚痕加上大老的嘆息，響徹雲霄。

娘娘還罰她在牆角站二十分鐘。

沒多久，小番茄顯然從處罰中復元了，她趁娘娘沒聽到，要求大老幫她拿養樂多，「口很渴。」她說。

「我不敢，娘娘會罵！」大老回答。

從那天起，娘娘取得了小番茄的管教權，她一併把大老也管進去了。

# 紅包競技夜

有的人喜歡過年，有些人討厭。前者大多數是家庭成員關係融洽，家族精神成爲生命中極重要之活水源泉的；而討厭過年的，不外是家庭破碎或孤家寡人，個性孤僻或欠了一屁股債的。

對中國人而言，過年就是家庭節，驗收每個人的家庭成績單。難怪，許多人趕著年前結婚，眞是有錢沒錢娶個老婆好過年。

小番茄家的過年盛況，只能用「狂歡」形容。由於兩位出身農村大家庭的大老，非常注重過年大典，所以小孩們自小耳濡目染亦擁有全套過年本領。簡言之，可分爲三大套：

一、祭祀謝恩套：上自天公、神明、祖宗、灶王爺、地基主、床頭母（若家中有小人）、司畜之神（以前養雞、鴨、豬等）、司莊稼之神（以前種田）及離家甚近的王爺祠、廟等，皆在謝恩的名單內。現在雖然移居都市公寓，名單或有減少，但規模仍然浩大。

二、送禮套：這是家族公關名單，涵蓋親族、長輩或處境清冷特別需要雪中送暖的朋友，讓他們心裡感受一點人情。至於，一年中對孩子們有恩有情的，大老會特別叮嚀要表達謝意。

三、家人團聚套：這一套非常精彩，待會兒再說。

瞧！這三套夠搞得人仰馬翻的了。不過，由於行之有年，小番茄家十口人，早就熟練得不得了。

基本上，第一套由大老負責，她們也一併負責年夜飯，菜單則事先跟分住在外的人電話連繫。第二套，由長子長女負責，其他成員若有私人名單，自行解決。第三套，又得分為清掃組、裝飾組（換新家具啦、買新碗啦、新茶壺茶杯啦……等）、食品組（零食啦、酒啦、水果啦……等）、賭博遊戲組（這一項不必詳述，大家心裡有數）、喜慶組（春聯、鮮花、盆景……等可以烘托年節喜氣的）。如果，一戶家庭像一家公司，只要出一個具有超級企劃能力的經理人，過年的氣氛一定變成年度狂歡嘉年華，家人情感分外親密。這就是人吧，不管一歲還是一〇一歲，都渴慕喜悅與溫暖，而這些，不是天上掉下來的。

小番茄家的年夜飯必定全員到齊，而且是道地圍爐——賭桌底下放炭燒小火爐。依序坐齊後，先舉杯歡祝，再進攻十二道年菜。子女輩的必一一向大老們道謝，甜言蜜語如：妳們好偉大喲，沒妳們就沒我們啦！請繼續爲我們偉大下去吧！手足之間亦打通關敬酒祝福一番：事業有成、出外平安、覓偶能力大增之類的。

有一年，一位按捺不住潛意識的大人對姊妹們說了一句蠢話：「放心啦，妳們嫁不出去的話，老的時候我們兄弟會『奉養』妳們！」其中一位大老頗有斥責之意，這位蠢蛋居然火上加油：「妳對妳生的女兒要有信心，她們一定嫁不出去的啦！」當然，很多雙筷子一齊往他頭上敲。

飯後，水果大拼盤、喜糖寶盒已置於茶几上。忽然，大家分別鬼鬼祟祟的鎖在房間裡，不小心打了照面也躲躲藏藏。沒多久，大老們被請到客廳，吆三喝四的亦全員集合，發紅包的緊張時刻到了。

他們家很重視長幼之序，所以，由老大開始，此人有到處「致詞」的壞習慣，弟妹們噓聲大起：「少囉嗦，快發快發！」依例，從超級大老到襁褓小人皆有一份，由於紅包規模不同，此人在紅包袋上註明「嬤」「媽」「△」「□」……等可笑圖樣。眾人齊聲道謝，又捉狹的把拿到的紅包金額喊出。接著，輪到老二發紅包，他已知道老大的行情，即刻火速加價，博得眾人驚訝、擁抱、親吻等虛榮場面。依序老三、老四……等，亦如法炮製，人人一份。

我們的小番茄是壓軸好戲，她在娘娘的協助下，亦祕密準備了十多份紅包，內裝五元、十元硬幣或面紙一包、糖果數粒等，逐一唱名發放。大人們均裝出受寵若驚的感動表情，小番茄樂得跟孫悟空一樣。令人訝異的是，她連尚在嬸嬸肚子裡才三個月大的小人兒也準備了，所以千萬不能忽視小孩的算術能力。

由於紅包一大把，接著是每個人的祕密數算新鈔時間。八十多歲的超級大老由於視力減退，便需要一名會計一一爲她報告財務狀況，大老的腦筋異常靈光、記憶力驚人，她連去年、前年的金額都記得住。既然，大家都是「有錢人」嘍，接著便是「摸彩」遊戲，每人出五百元，裝成數袋金額不同的紅包，做紙籤摸彩，一時又是雞飛狗跳般的快樂一陣，眞是錢來錢去，跟股票市場差不多。

聚賭守歲節目先從骰子開始，一年一度家庭大狂賭隨即展開，反正都是自家人，輸贏不放在心裡。連大老們也被兒子、孫子一人一個硬從房間「抱」出來聚賭，牌桌上加碼、插花數管齊下，不得不延聘心算最快的那個人「監賭」算帳。

每年，最大的贏家都是年紀最大的大老。反正她的眼睛看不見，骰子一出手，都喊大數目（偶爾，也讓她輸一下，才不會起疑），大老心花怒放，樂得歡歡喜喜的，她會忘了年紀，忘了病痛，繼續與這群古靈精怪的家人在一起。

# 醋小孩

很久以前，有個廣告說「吃醋有益健康」，結果半條街的人都吃起醋來，愈吃愈面色紅潤。不過，人心裡的那瓶醋倒不那麼有益健康，相反的，可能還會敗身呢。

把心裡那種說不出口的複雜感受，摻雜著嫉妒、羨慕、自憐、沮喪、嗟嘆、怨憎，以「吃醋」來形容，確是活靈活現，嘗過醋的人都能體會，醋的味道跟香水的香味一樣，具有多層變幻的特性，頗符合前面提到的複雜感受，再怎麼說，都比「吃醬油」這種形容高明。

「吃醋」的併發症大約有兩種：一是「眼睛上吊」，一想到那個吃醋對象，便兩眼晃單槓，好像要把他瞪昏、瞪死，嘴裡說的沒一句好話，恨不得他立刻從地球上消失。這種醋法實在缺乏風度，說穿了就是見不得別人好，內心埋著一股「天大，地大，唯我獨尊」的病態驕傲。

另一種症狀較積極些，能夠在「酸楚」中思索，轉而寬闊胸襟，欣賞別人的好。人跟人之間沒什麼好比較，反正頭上一片天，腳下一塊地，各有各的風景與故事。你「醋」別人，說不定背後還有人「醋」你呢！

歷史上最有名的大醋罈子是漢高祖劉邦的太太呂后（呂雉）。一般說來女人比較愛吃醋（其實是比較常顯露其吃醋症狀，男人假仙慣了，會狡猾地以合理的語辭包裝他的那瓶醋。），而女人的醋單上，第一道便是感情，一旦讓女人吃到這道醋，可能不輸海水倒灌之威猛吧！呂后嫁給劉邦後，沒過什麼好日子，下田幹粗活，在家操持家務，經年累月下來恐怕早就是個水桶腰的「歐巴桑」了。等到劉邦當上皇帝，呂后應是到了更年期，步入暮年的阿婆了。

壞就壞在劉邦這風流皇帝（未登基以前稱「色鬼」）寵愛戚夫人，看在呂后眼裡，除了泛上滿口感情的酸液外，也提心吊膽劉邦會惑於女色而廢太子改立與戚夫人生的兒子，宮廷是魔鬼們的競技場，呂后的擔驚受怕隨著劉邦辭世而鬆了一口氣，但也就在輕噓一口的當下，她意識到從此自己「天大，地大，唯我獨尊」，可以恣意伸出毒牙、魔爪，好好的跟「那個該死的女人」算一算總帳。

呂后毒死了年僅十二歲的戚夫人之子，又叫人捉拿戚夫人，砍斷雙手雙腳，挖掉雙眼，用藥使她既聾且啞，然後關到廁所裡，只見一團肉團在屎溺間慢慢蠕動，呂后得意的稱她爲「人豬」。

這是一個喪心病狂的人才做得出來的事，殘酷到令人唾棄。說她吃醋似乎不夠強烈，這人已經發毒瘋了。

（忘了這種恐怖事情吧！算我沒說。）

小孩也會吃醋的。當嬸嬸生下弟弟後，小番茄的家人因這位愛哭的小寶貝又集體手舞足蹈起來，再加上是個男孩，大老們根深柢固的「重男輕女」觀念使得小弟弟受到宛如「金嬰」般的疼愛。小番茄和他差六歲，當了六年小公主，早就習慣全家人的眼光聚在她身上的美滋味，一下子多出一個小王子搶她的鋒頭，當然心裡會吃起醋來。

小孩子的吃醋法算是可愛的，那陣子小番茄彷彿退化了，又開始撒嬌、耍賴地要大人抱，還央求大人無論如何也要把她的奶嘴找出來。

「找奶嘴？」某大人瞪大眼睛：「我看，乾脆把妳塞回肚子裡，重新再生一次好不好？」

有時候，客廳沙發上的那副「人物畫」在溫馨中又摻著滑稽；嬸嬸抱著小弟弟餵奶，大老抱著小番茄看電視，兩組人馬各抱各的，天下太平的樣子。廣告時間，小番茄上廁所去，大老還一疊聲喊：「好了沒？怎麼上那麼久？快點！冷死了！」冷？等到小番茄又鑽回大老身上，大夥才明白，大老把小番茄當作電熱器了。

這件事給大家的啓示是，小孩吃醋，應該選在冬天的時候，比照火鍋。

# 有點混亂的「分享」

「他這個人能力不錯，工作態度也很敬業，可惜跟人處不好，人際關係有問題！」類似這種話，通常在公司主管會議桌上或同事間閒聊時可以聽到。「不好相處」意謂著沒什麼人緣，套用現代的熱門名詞來說，就是ＥＱ稍微有點低。

其實，好不好相處是見仁見智的；有的人個性比較潔癖，過於喧鬧的場面對他而言是種酷刑，自然會規避公共時間或減少與同事們同樂的次數。只要他對工作負起責任，不耽誤公事，其他人也不宜視之爲不好相處，這跟睡覺時開燈或關燈一樣，無所謂對錯。

有一種不好相處倒是令人討厭的，譬如在工作上過於計較，分內的事沒做好影響整體進度不打緊，碰到必須支援其他部門時又擺明了「不關我事」的姿態，要是部門獲得工作獎金，大家提議聚餐同慶時，他堅持應該核發現金……。如果辦公室出現這種人，日子就不太好過，他的上班哲學是：「錢多、事少、離家近，老闆愛出國。」你要是碰到這種同事，如果不趕快去禪修、找宗教信仰，就會心臟瘀血。

另一種人則人見人愛，他天生具有寬闊的肚量與眞誠，分內的工作如期完成，還會主動協助其他同事，他是來工作的，因此能看大局，明瞭一件任務經由分工後最終要達成的效果是什麼，他了解自己分配到的工作階段應該怎麼做會使往下承接的人更順利，他充分體認團隊精神的重要，不吝於在空檔時支援其他人。跟這種人同處辦公室是愉快的，無形間凝聚向心力與士氣，忘記了身爲小小上班族的辛苦。

成爲那種人，跟成長經驗有關。如果一個小孩，從小集三千寵愛於一身，要什麼有什麼，誰都順他的意，或許成爲一個自私自利者的機率比較大，他把獨享好處視爲理所當然，好像每個人都欠他似的。如果一個孩子從小受到的是合理的疼愛，家庭也提供「分享」與「分擔」的生活習慣，也許他比較容易在人生中實現同甘共苦的精神吧！

小番茄的家人非常重視「同甘共苦」的家族精神，像大部分從農村移進城市的家庭一樣，他們視家族和諧爲人生的幸福標誌石之一，而每一個人都必須付出心力，包括外來人口：陸續出現的媳婦及女婿候選人，也逐一融入這棵家族大樹。

以大人們的童年爲例，做大老的固然免不了特別偏愛某個小孩，但在日常生活的經營管理上，一定做到公正原則。在那個不重視知識教育較偏重人格養成的古早年代，大老們花了很多力氣教一群小人們「分享」與「分擔」的道理。

現在，輪到這群昔日小人教小番茄「本家族小人守則」了。差不多從學步期開始，只要小番茄手上有食物，不時有大人以類似蒼蠅的嘴臉要求分一口，他們發出「慢慢慢」的幼稚聲音，像嗷嗷待哺的大動物。小番茄極快辨識這個聲音代表的意思，會把食物送到對方嘴邊。當然，不管喜不喜歡嬰兒小饅頭，都得貌似感激的吃下去，並做出極端愉悅的動作。那陣子，大人們吃了不少幼兒副食品，而且言談舉止至少退化三十年。譬如，開飯時，會聽到大人大聲叫：「快出來『慢慢慢』啦，肚肚好餓！」

上幼稚園的小番茄，老師在親子連絡簿上寫：「活潑、好動、愛講話、會跟小朋友分享玩具」等觀察心得，對於前面三項，大人們都不奇怪，要是寫「文靜、內向、不愛講話」那才有鬼。他們也相信不管換那一位老師，日後的評語都脫不了「好動、愛講話、活潑」的範圍，頂多「好動」前面加個「非常」，「活潑」上面加個「極」而已。

會跟小朋友分享玩具倒是令人竊喜的，尤其娘娘，簡直像一隻驕傲的母雞，好像小番茄當選十大兒童楷模似的。

沒多久，這隻母雞發瘋了：「誰？誰把我的書籤丟掉？我跟他拼了！」娘娘眞的很火。

她從高中起就喜歡收集特殊書籤，像集郵一樣，她特別買了一本集籤冊收藏八十多張難得一見的書籤。現在，冊裡只剩兩張。

小番茄從房間竄出來，興高采烈說：「我送給好朋友了。」

「好朋友？」某大人驚訝的問：「八十多張都給一個人？」

「不是啦，有好多人，中班也有，大班也有，我們小班也有嘛！」小番茄好像教育部長在成功嶺開訓典禮上點名。

那場面似乎有點壯觀，這傢伙捧著一大疊書籤到各班發放，後面跟著一群蹦蹦跳跳的小人，這裡有人叫：「我也要！」那裡有人喊：「我還要！」

某大人低聲說：「我們是不是應該推薦她到慈濟功德會擔任『賑災』特使？」

「那，爲什麼剩兩張？」另一個大人勘察災情後問。

小番茄想都不想，嬌滴滴的說：「送給娘娘的呀！」

娘娘充滿怒氣的臉上掠過一抹安慰，第一次，她了解弘一大師「悲欣交集」四個字的意思。

# 颱風警報

每個大人都希望自己愈來愈明智，常懷進德修業之心，戮力以赴，漸漸的在頭頂上修出一圈道德的光環，連迷路的鳥兒也因這光環的指引而找到棲處。

這景象想起來連自己也不禁嚮往，然而做起來卻宛如拿著一支針要縫補斷崖裂谷，保持三分鐘慈藹的表情、悲憫的心腸之後，又不知不覺恢復本來面目——那副尖嘴猴腮、一肚子積怨的面目。

其實，常保修德之心總是好的，我們也自知肉體凡胎不容易立即有什麼進境，但是耐著性子往下一步步踩穩的走，總會漸漸發現筋骨汰換的痕跡，察覺原本極易激怒自己的事，現在如風沙一般，吹過就算了。眞能走到這一步，至少表示已過了好幾階呢。

在成人世界裡，五花八門的劣根惡性足以堆滿一倉庫，每一項都是有待淘洗、錘鍊的功課；由於劣根總是喚起其他劣根一起出動，所以很難評判那一項劣根是罪魁禍首，佛家把「貪」列爲首要，讓有心修行的人有個頭緒，實而言之，「貪」若不結伴「瞋」、「痴」，恐怕還不至於星火燎原、釀成巨禍。一件惡事之所以成了，通常是好幾項劣根相加相乘的結果。

身懷幾項劣根惡性的大人們若不警覺到自己應該做點功課，萬一他的生活中有小人存在，對那個手無縛雞之力的小人而言，眞是倒了八輩子的楣。

本來，生活中原就充滿各種摩擦之事，夠明智的大人面對此起彼落的擦痕，懂得輕手輕腳的保持現場完整，以待逐一了解而尋覓解決之道，他不會在摩擦發生時立即嗟呼嗟呼，擴大現場面積，牽連更多人進來；因爲一旦複雜化，原本極輕微的摩擦很可能演變成群狗亂咬的場面，再也無法收拾。照說，事情出在那兒，當事人就到那兒把梁子拆掉，這道理應是大人們在進德修業路上的行規；不過，很遺憾的是，講這種規矩的人似乎不怎麼踴躍。

舉個最簡單的例，如果一戶人家內有兩位大人發生摩擦或有了過節，又假設他們各自有孩子，那麼除非兩位大人皆是明智之士，否則很少不把敵對意識擴大到對方的孩子身上。

這眞是可笑至極之事，但它就是這麼鮮明生動的在我們的周遭上演。兩個大人（不管是兄弟或妯娌）吵架，跟小孩有什麼瓜葛？但心胸狹窄的大人就是無法突破這層心結，連帶的遷怒小孩，並且以其大人的優勢恣意在言語、行爲上讓小孩感到不舒服，大人蓄意這麼做，他就是要把怒氣發在小孩身上，以獲得一點幼稚的復仇快感。

以暴易暴、以牙還牙是繁衍最快的一條人際律則；當一方遷怒於另一方的小孩，另一方也同等回報，演變到連小孩之間的和平相處也被打碎，兩個大人不約而同告誡自己的小孩；不准跟對方的小孩玩，要是不聽話，小心抽你鞭子！

講到這裡，其實事態明顯。小番茄的家也上演過一齣家庭荒謬劇。最後的結果是像樂高玩具一樣分成三組，保持適度的生活距離以保全親情。那陣子，他們家的電話費十分驚人。

問題的根源出在大老們的觀念。她們一輩子的信仰是：全家人應該住在一起。這本是好事，但時代不同了，硬要把農業社會的觀念搬到工商社會來實踐，非出問題不可。首先，都市公寓住宅是爲小家庭設計的，「空間」已率先出掌欲擊潰傳統大家庭。三十多坪的房子要塞入十多個人怎麼可能？幾年前，兩位未婚的大人經過一番眼淚洗滌後搬出另居，逢例假日才回家聚餐。大老雖不同意但漸漸也就勉強接受了。接著，隨著嫁娶大事的發生，這家的人口數又攀高了，而大老一心想要換大屋或買樓上、樓下打通自成一家的如意算盤也宛如緣木求魚。娘娘與輪胎先生爲了上班方便，不得不搬出租屋。不過，他們常常回家吃晚飯，不讓小番茄感到過分孤單。問題是，在這種情況下，還是不夠住的。隨著小弟弟陸續出生，三十多坪的房子內疊著三組人馬：一是「山頂洞人型」的兩位大老（指她們躲在舊觀念內不肯出來呼吸新鮮空氣）；二是對離婚率做出貢獻的小番茄父女倆，他們屬現代時髦的「單親雙口組」；三是另兩位大人及兩位超級小人組成的「模範小家庭」。這三組人馬每天的生活實況就像中小企業一樣，到處接「訂單」——當然是指情節很多。

摩擦，就像白饅頭上長了霉，漸次擴散。於是，突然一根被點燃的導火線使所有的問題都現身，連在外賃屋的大人們也捲入大戰，每天有接不完的電話、按不完的插播、講不完的道理……

最後，「模範小家庭組」決定搬出，可是，「單親雙口組」一聽到搬，立刻搶著說應該由他們搬才對，而大老們則一把鼻涕一把眼淚說：「別吵別吵，要搬，我們兩個搬，你們年輕的留下，外面消磨大（花費多之意）！」

啊！老的搬！有沒有搞錯呀？事情愈來愈複雜了。經過數度協商，「模範小家庭組」在方圓三公里以內租房子另住，而且兩天回家三次（或三天回兩次）以化解大老的思念之情。總算這齣由大人先有了心結再禍延小人又強化大人間隙的家庭鬧劇安全落幕了。忽然之間，這戶「都市遊牧民族」由擠滿小帳篷變成門前可以跑馬，甚至，有時大白天裡，只有小番茄與超級大老在家。正因如此，這粒番茄從早期迷戀〈龍貓〉〈櫻桃小丸子〉……等卡通影片而急劇蛻變，她有大量的時間掌握搖控器，沒多久，她已經變成九十多個頻道的「節目部經理」了。

話說回來，能像他們幸運地解除「家庭颱風警報」，沒多久又一起打情罵俏的並不多。有時，大人頑劣的根性眞是令人生氣，不知該怎麼勸解才能讓他們明白大人的戰爭不擴及小孩的道理。自己生養的孩子與別人生養的孩子，都是必須同等善待的孩子；固然有親疏遠近之分，但應一律視爲寶貝小人來呵護比較符合大人的氣度。再說，我們是透過對孩子的愛來拓展愛的能力，能普沐無數孩子，即驗證了這份愛的壯闊吧！如果一個大人只能愛自己的孩子而無法愛他人之子，也許表示他離眞諦之處還有一段遠路。

對於喜好遷怒小人的大人，實在想不出法子治理的話，也只好找個方式「遷怒」一下：把他的照片貼在沙袋上，一天三次，三餐飯後朝沙袋練拳頭。

# 拍馬術與數學題

在某廣播節目中，聽到某位社會名流暢談辦公室人際關係，其談話內容翻來覆去可歸納出兩點：

一、對上司採逢迎拍馬術，跟隨他的節奏起舞準沒錯，一旦建立同黨關係，將來若有升遷機會，他會優先提拔你。而逢迎技巧需鉅細靡遺，上司喜歡穿西裝，你也跟著西裝筆挺；若他酷好名士裝扮，你最好也能形影相隨。

二、與同事相處，需設法打入核心地帶，成爲意見領袖，再巧妙的佈下天羅地網，讓辦公室裡的大小資訊匯集到你身上，這種優勢將使你成爲上司眼中不可或缺的情報頭子，亦是步步高升的資源之一。

總而言之，這位名流人士使出渾身解數教導聽眾如何累積資源、形塑優勢，使自己成爲獲利最多的人。

節目中亦開放Call　in，幾位聽眾的發問大同小異，而這位名流的解答亦是一套到底，除了更加強逢迎拍馬小節，沾沾自喜暢論膚淺的權術策略之外，聽不到他如何看待「人」這件事。

「教壞囝仔大小！」輪胎先生說。

他與娘娘、小番茄開車回家，正好聽到這個節目。輪胎先生與娘娘原本沒注意聽，顧著交談偶爾抓到幾句重點而已，直到坐在後座的小番茄趴在前座椅背，專神聆聽，還「噓」娘娘一聲，要他們不要講話，這兩位大人才注意到逢迎拍馬的技術也包括打聽上司的生日，記住他的太太、兒女的名字。

輪胎先生轉台，改聽音樂。

娘娘回過頭盯著小番茄，似乎想從這傢伙的小臉蛋上找出蜘蛛網，判斷剛剛那位名流的談話是否在她身上留下不良影響。

大人們總以爲小孩不懂，遂肆無忌憚的在小人面前大放厥辭，尤其隱含投機牟利、揭人隱私、蓄意攻訐、爭強鬥狠、媚俗鄉愿……等惡質談話，在小人聽來，都是一篇篇聲情俱佳的故事，聽多了，不難自行歸納整理，儲藏一條條行事爲人的準則。小人的經驗有限，當他們在成長過程中遇到事件，提供他們做出選擇的，與其說是經驗，不如說是從大人言行錄中萃取出來的那些準則，協助他們選項。

正因爲如此，大人常常驚訝的說：「我們沒教他呀，他怎麼知道的？」很多事情不需要耳提面命的教，小孩自有竅門了解實況。

有個朋友五歲那年就知道她不是媽媽親生的，也知道自己的親生母親是誰，她一路裝作不知道，現在都四十多歲了，兩位媽媽還不知道她早就知道實情。很多人有同樣的經驗，當小孩時即知道家中祕密，尤其在睡覺中，大人以爲小孩睡著了，其實爲了彌補經驗上的不足，小孩有一只看不見的耳朵永遠醒著。

小番茄也有一只雷達般的耳朵吧！很難追溯她從什麼時候開始即自由進出大人世界，捕風捉影建構她自己的準則；也因此，面對大人常常問小人的一個無聊問題：「小番茄，妳比較喜歡爸爸還是娘娘？」時，小番茄開始出現了兩面討好的技巧，她手指著坐在她旁邊的「爸爸」，嘴巴回答正在廚房的「娘娘」，當大人驚訝的再問一遍：「喜歡誰？」她乾脆回答：「兩個都喜歡。」

也許，她很早即知道了什麼，更加渴望擁有所有家人對她的愛，愈渴望愈出現缺乏安全感的徵兆。而隨著成長，開始進入學習階段，她非常明白學得好的話更容易獲得大人的讚美，更能確信她擁有的疼愛。

從這個角度，或許能解釋那一天，小番茄做出的不誠實之事。

小番茄對數學的興趣一直很高，反而對繪畫、音樂缺乏耐性。她在幼稚園階段即學會珠算，運算能力大約是小學二年級的程度。大人們並非刻意訓練，實在是常常在上班時間接到她的電話，會講的小故事也講完了，不得不「發明」一些話題以增進電話內容。因此，一路走下來，她學會了加減乘除的綜合運算。

大人們各依靈感掰一些小故事，把運算題目夾入其中，類似一棵蘋果樹下兩隻恐龍之類的故事體數學題愈來愈五花八門，但日久也變不出花樣，大人開始測她的運算速度，看她花多少時間理清一道繁複的題目。

她的速度又快又對，大人們開始驚訝，以爲小番茄有特異功能。

當大人以誇張的口吻讚美她的能力時，這隻小狐狸的尾巴露出來了，她對著電話筒咕咕的笑，坦白承認：「我用電子計算機算的啦！」

「爲什麼這麼不誠實？」大人問。

「有什麼關係？」小番茄說。

當然有關係，那天晚上大人們盯著小番茄看，要她搬把小椅子，坐在客廳茶几旁在紙上解幾道題目，規規矩矩來。

「請妳記住哦，我們不喜歡不誠實學習的小孩，以後要怎麼做，妳自己決定。」娘娘說。

她有點感慨，怎麼也到了跟小番茄說這些話的時候。

# 連哭都不專心

在陪著孩童成長的經驗中，大人正好有機會觀摩生命從懵懂無知到自我意識發軔的神祕過程。這一部分對大多數人而言，是記憶範圍之外的，因此，雖然知識上知道自己也走過這條成長之路，但仍然很難相信曾經「渺小」到只有四、五十公分高、三千多公克，比路上的小狗還沒分量。直到抱著一個嬰兒，才相信這一切都是眞的。

醫院的嬰兒室裡，幾十個小生命正在努力調適離開媽媽的子宮後的風險，這還是幸運的一批，幾天後他們會隨著媽媽出院回家坐月子，開始聞到另一種氣味——麻油雞、油飯，或猴急的懷抱他們的大人身上的體味。

可是，還有一間門禁森嚴、不許任何人擅自進出的醫療室叫「新生兒加護病房」，不須解釋，經過這兒的人都明白裡面的小嬰兒們正在抵擋生命的第一場風暴。如果你正巧在允許探病的時間經過，一時興起冒充一下家屬進去探一探，再怎麼鐵石心腸的人，看到這麼脆弱的小嬰兒身上繞著奇奇怪怪的管子，有的還挨過手術刀，大概也不免油然生起憐憫之心而眼眶微溼吧！除了醫療人員，任何一個大人都愛莫能助，你既無法慷慨的說：「把我的體能取一半給他吧！」更不能威脅醫生：「他們要是有什麼不測，我一定揍扁你！」

你不知道那些小寶寶中，那幾個可以帶著刀疤及遺傳上的缺憾長大，那幾個從出生到死亡沒有離開過醫院，他們的一生以天計算，像一場珍貴的夢。

能平安長大，進入家庭與社會軌道載欣載奔的，都是幸運兒了。就算家裡窮一點，長得醜一點，資質稍微弱一點，功課鴉鴉烏一點，也沒什麼大關係了。何況，很多項目都有變數及平衡的方法。外貌不揚，只要氣質高雅、心地良善，也能獲得他人讚賞；家境艱困，說不定幾年後另有改善；功課不好，也許碰到一個善於啟發的老師即突飛猛進；資質較差，多付出學習的時間，也能彌補的。想想加護病房的小嬰兒，大概會對自己的生命起了更強烈護持之心吧，無論如何，都不應該在青少年階段想到「自殺」二字啊！

小番茄的家人相信，這粒愈來愈圓滾滾的番茄小胖妹，終其一生大概不會走上「自盡」絕路。原因之一是，她實在好動到精力旺盛以至於沒多大耐性專心做好一件事的地

步，娘娘憂心得不得了，帶去看醫生，好像也查不出所以然，也許長大了就好了吧！小番茄的三心二意事件，讓大人又好氣又好笑。譬如，她被娘娘罰站，依照慣例會一面站一面自憐的哭起來，由於罰站地點在客廳，而客廳的大人們正在看電視，不甘寂寞的小番茄一面哭一面遠遠瞟著電視，居然跟著劇情哈哈笑出來，大約猛然發覺自己的「任務」是：正在哭，又接續上文哇啦哇啦哭起來。

「怎麼辦？連哭都不專心！」娘娘真是碰到剋星了。

由於忙碌的大人們實在沒有空閒在上班時間伺候小番茄的電話騷擾，瞎掰出：「一棵樹上有十八隻小鳥，其中八隻小鳥同一個爸爸生的，請問這些小鳥一共是幾個爸爸生的？」之類的故事式算術題（而且，若小番茄答對了，大人必須模仿小喇叭聲，以示慶賀。對身在辦公室的大人而言，簡直有損顏面）。

「讓她玩拼圖吧，殺殺時間，說不定可以培養耐性！」某大人說。大家不禁眼睛一亮，怎麼沒想到拼圖呢？小番茄從小至今的玩具滿坑滿谷，獨獨漏了拼圖（其實，這正好顯示這戶人家的成員們，天生就不是太有耐心的材料，才會漏掉拼圖遊戲）。

次日，娘娘買了一盒圖案適合幼稚園小人的三十多片拼圖，初階嘛，得顧慮小孩的成就感。

這盒拼圖只用了一次便報廢了。這傢伙剛開始的確因新奇、富挑戰而拼成，讓娘娘芳心竊喜，可是當娘娘一面弄亂拼圖一面誘拐她：「再拼一次我幫妳測時間，看……」話沒講完，她那姣好的臉蛋即因怒火冉冉升起而扭曲著。原來，小番茄一不做二不休，在拼版上寫1、2、3……，又在每塊拼圖背後標1、2、3……，根本不需要動腦筋思考位置，只要拿起一塊拼圖，看背後的號碼就知道該把它放在拼版的那一處。

「這個道理就像我們坐自強號火車，對號入座一樣，唉，人生眞是充滿了不可抗逆的引力啊！」

一個愚鈍的大人非常不恰當的說了愚鈍的哲言。

# 「小巢」分公司

還記得上一場颱風警報裡，這戶「都市遊牧民族」兵分四路嗎？一是大老及「單親雙口組」住在原址，我們姑且稱之爲「老巢」；二是有兩位大人於數年前即已購屋合住，地點較遠，稱之爲「天巢」；三是「模範小家庭」遷出老巢另外租屋，由於是高樓大廈，不妨稱爲「高巢」；四是娘娘與輪胎先生合組的小家庭，乾脆稱爲「小巢」吧！

老巢、天巢、高巢、小巢，若加上鄉下老厝「祖巢」，這戶人家還眞是築巢高手呢！由此也可以窺伺大戶人家自鄉間移民都會的細胞分裂情形。

小番茄一直住在老巢，假日則跟隨各路人馬轉戰於各巢穴之間，因此，每個巢多多少少有番茄印：牙刷啦、小包包、拖鞋、襪子、髮夾……等，可見東西泛濫的情況。不獨小番茄，她們這一代超級新人類普遍都是物質過剩的。

自從發生「拼圖事件」後，娘娘下決心要把小番茄「夾」在身邊親自教導。在娘娘未與輪胎先生結婚前，小番茄在生活上與學習上都有令人驚喜之處，可是隨著大人世界搬演熱鬧滾滾的戲碼（如「家庭颱風警報」），這粒敏感的番茄似乎也開始進入她的叛逆時期。（爲什麼身世有點辛苦的小孩，大多比同齡者敏感、聰穎、自尊心強又個性倔強呢？）

應該從娘娘打算與輪胎先生結婚那件事說起。小番茄的確很喜歡這位叔叔，他們訂婚之後，她改口叫姑爹，有時候自作主張喊他「爹地」。五倫被這粒番茄弄得有點複雜，她自己對「爸爸」、「爹地」、「娘娘」、「媽咪」分得很清楚，好像雨傘、草帽、圍巾、雨衣般一目瞭然，她自己知道怎麼喊最能獲得滿足，但旁人聽來不免一頭霧水，甚至被叫的人一時之間反應不過來。

當大人忙著張羅婚事時，這粒番茄一反常態忽然安靜起來。有個較細心的大人發現了，悄悄問她：

「娘娘要結婚了，妳高不高興？」

她點點頭，又搖搖頭。

「爲什麼？」其實，這位大人心裡有譜了。

小番茄嘟著嘴，低頭，扶一扶眼鏡，抓一抓手背，抬頭看門外，一臉無辜的樣子。

「爲什麼呢？」這位大人希望她把心裡的話說出來。

「媽咪會不愛我！」

「媽咪」！這時候她用「媽咪」。說完，眼淚滴滴答答掉下。

「要不要拿臉盆給妳接眼淚呀？」大人試著緩和小番茄的情緒，然後打開天窗說亮話，向她解釋娘娘結婚與對她的愛並不衝突，就算有了小弟弟或小妹妹，也不會影響對小番茄的愛。

「眞的？」小番茄摘下眼鏡擦眼淚，順便擤一擤那過敏的鼻子，「妳沒騙我吧！」

當天，娘娘又親口保證，這粒番茄才鬆了一口氣：「這樣我就放心了。」

第二件事跟小番茄的老爸也就是「○七○」有關。爲什麼叫「○七○」？「○○七」影片的男主角都是眾美女環繞的帥哥，這位沒財沒色的三十歲男子連妻子都缺，所以諧「零妻人」的音，自號「○七○」以與「○○七」分庭抗禮。

○七○先生交過幾位女友，當然都沒什麼結果。要命就在於過程，大人們有時爲了「取悅」或「彌補」小孩，以過度的手法企圖營造家庭和樂景象，譬如：三人穿同一款T恤，貌似一家人。又如，提早讓小番茄喊對方「媽咪」。

「事後諸葛亮」們很容易指出失當之處，但只有當事人才能體會彼時被巨大的「渴家慾望」衝擊以至於出現奇特關係的狀況。甚至，就一個只有六足歲但心眼甚多的小女孩而言亦是如此，她也會在莫名的渴慕下喊見面沒幾次的阿姨「媽咪」。

有一天，○七○帶著女友回家晚餐，娘娘與輪胎先生也回來吃飯。飯後，一屋子大人泡茶的泡茶、吃水果的吃水果，忽然，小番茄從房間走出來，手裡抱著換洗衣褲，大聲叫：「媽咪，幫我洗頭！」

看電視的看電視，翻報紙的翻報紙，吃水果的吃水果。

「媽——咪——，幫我洗頭啦！」小番茄杵在那兒，抱著衣褲，披頭散髮地。

「妳在叫那一個？」總算有人醒了。

娘娘以爲小番茄在叫○七○的女友，每當○七○有新戀情，娘娘會刻意淡化跟小番茄的關係，以免讓兩位急著建立「生命共同體」的大人覺得她「礙手礙腳」。而那位小姐以爲小番茄在叫娘娘，雖然小番茄也喊她「媽咪」，但她認爲這是童言童語，再說這段戀情尚未穩固，還不需要去做媽咪才會做的事。

小孩是認眞的，喊「媽咪幫我洗頭」，多麼自然的事，可是大人無法給出回應。

接著，發生了颱風警報，小番茄難免也受了點風寒吧！

一點一滴的感受都表現在孩子的行爲上，小番茄的壞毛病像出疹子般粒粒皆清楚。

大老已經管不動她了，而老爸被工作綁得緊緊的，也很有理由去忽略對她的教育與呵護。

小番茄最好的朋友是「一休和尚」，她甚至要求買印有一休的文具、衣服、物品，只差沒說要剃度出家。

娘娘與輪胎先生商量後，決定接小番茄到他們的「小巢」住，唸附近的幼稚園。

大老與○七○先生都陷入自憐自艾的情緒裡。他們承認缺乏心力照顧小番茄，更無法陪她學習；可是，又捨不得這粒鬼靈精的番茄。於是，好好一件事落入這些感情豐沛、理智欠缺的大人情緒沼澤內，難免像裹花生粉的糍糬，不小心的話會噎著！

娘娘被弄得有點火了，講話開始大聲起來：「搞什麼鬼呀？我好心被雷劈，好像我要搶他們的命根子一樣！」（嘖嘖嘖，連粗話都上口了，記小過一支）。

而小番茄呢，她從來沒像那陣子一樣被那麼多人問：「妳有愛我莫？」「愛啊！」她說。「妳若去娘娘那邊住，會想我莫？」「會啊！」她說。（其實，小番茄應該發一頓脾氣，說：「煩不煩啊你們，一天到晚問我愛不愛、想不想，講一遍不夠還要講第二遍、第三遍，乾脆錄一卷錄音帶，讓你們聽個夠！愛、愛、愛、愛……（用尖叫的），想、想、想、想（用吼的）……，滿意了吧！」）

娘娘用心良苦，一方面向大老們保證會常常「運」小番茄回來吃晚飯（假日必回「老巢」住），另一方面找好幼稚園、拜訪老師，把小番茄的狀況做了簡報，讓老師心理有所準備。（因爲，娘娘知道，沒多久，親子連絡簿上一定又會出現：「聰明、不專心、活潑、好動、愛講話、樂於助人、很容易弄壞公物」等評語。）

小番茄終於搬入「小巢」，她第一次擁有自己的房間、床、書桌、衣櫥……，這些讓她非常興奮，破天荒地把自己的東西整理得井然有序。

「稀奇，我看明天會出太陽！」娘娘見小番茄賣力地擦地板，偷偷跟輪胎先生說。

就這樣，這三個人加上兩條狗竟然也「拼圖」出一幅甜蜜家庭模樣。狗是輪胎先生的朋友送的（其實是不想養了，硬是塞給他），名叫「冰塊」、「啤酒」，都是母的，品種嘛，據娘娘說是「西伯利亞狐狸犬」，叫聲響亮，鄰居們可以作證。小番茄的房間窗外即是「冰塊」、「啤酒」的窩，從此，這粒番茄不需依賴鬧鐘即能起床。

哦，對了，小番茄搬入「小巢」的第二天，果然出大太陽。

005

# 這世界又多了一個頑童

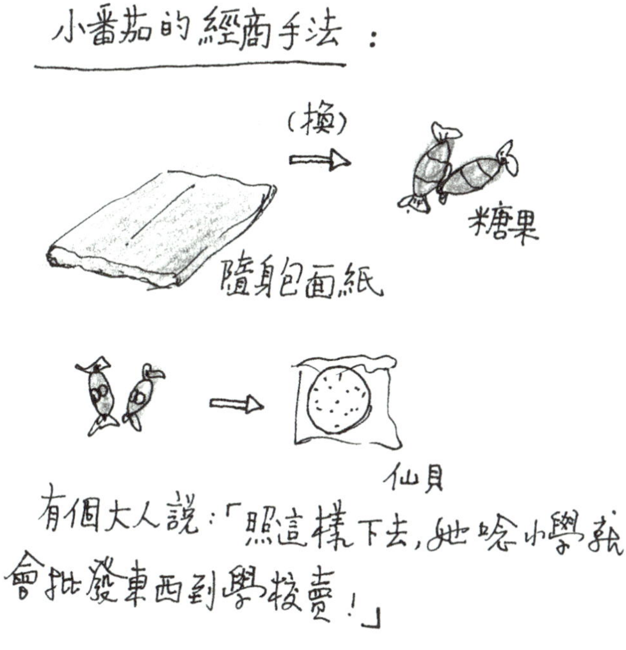

小番茄的經商手法：
(換)
糖果
隨身包面紙
仙貝
有個大人說：「照這樣下去，她唸小學就會批發東西到學校賣！」

# 愛情啓蒙

凡是隸屬舊人類尾巴的那一代，回想漫長的學生生涯時，大概不免浮現幾張嚴肅的臉孔，諄諄告誡「用功讀書、考上大學（或高中）」之外，還耳提面命的指著你的鼻子訓斥：「不准交男朋友（或女朋友）！」理由很簡單，怕子弟兵爲情發狂、荒廢學業，以至於在聯考戰役時成爲砲灰。

於是，那些在青少年時基於自然定律悄悄萌發情愫，不能克制的把眼光從密密麻麻的參考書上移向一個女生（或男生）身上的學子們，開始陷入漫天迷霧之中了。有一個聲音疾言厲色的要他指天爲誓專心唸書，另一個聲音卻鼓動他去尋覓那一個倩影，多看他幾眼，說幾句話，寫幾封情書，甚至一起約個會。兩方兵馬展開拉鋸戰，常常弄得眼睛「呆」在書本上，心卻飛到遙遠的那一邊。

那時代的青少年宛如活在警總的天羅地網中，要是膽敢寫情書互訴衷曲，那封信立刻成爲父母口中「棍下出狀元」的藉口；家裡不能寄，那就寄學校吧，結果事態更嚴重，要是碰到非常盡責的訓導，那封信又寫得文情並茂，你簡直像個罪犯俯首聆聽審判。

不能寫信，那就改寫日記吧，好像也行不通。

別忘了，家裡有個勞苦功高的媽媽，她每天進你的房間清掃，收髒衣服啦、疊疊被啦，順便打開抽屜看有沒有蟑螂拉屎影響你的健康啦，不小心看到日記簿又正好有一陣風吹來翻到那一頁啦，媽媽就是這麼湊巧看到你的戀情發展史。（另一種說法比較簡單：老媽賊頭賊腦地搜你的房間，偷看日記！）

正因爲交異性朋友成爲禁忌，長期管訓下，等到可以結交異性的年齡，很多人不知道怎麼跟異性相處。既然沒有這方面的經驗，乾脆「影印」父母那套男尊女卑、男主女從的守則，依樣畫葫蘆就行了，於是那套老舊的兩性觀就這麼複製下來。（十年前，有一對青年情侶分手的理由是，男生受不了女生講話的聲音比他大，他要女朋友跟他的媽媽學習如何輕聲細語！）

幸好，社會發展至今，兩性議題受到重視，允許每個人獨立思考與選擇，建構自己的軌道。上一代的兩性模式，其優點可以吸納，缺失予以規避，當作參考檔案是不錯的，但上一代不宜要下一代照單全收，變成枷鎖。反之，任何一種冠以「新」字的思潮，不見得就是完美無缺，尤其將來必須付諸實踐，更不能不擴大思考面了。

換幼稚園的小番茄一點也沒有適應不良的問題。據說，她第一天進教室，還沒有走到位子，即沿路向小朋友自我介紹：「我叫小番茄，你叫什麼名字？」（看來，以後可以去選立法委員或農會總幹事）。

聒噪的小番茄，漸漸在幼稚園裡擔任「職務」了。她的老師因勢利導，讓她發揮活潑好動、大嗓門的優點，協助維持上課秩序、放學整頓路隊等要務。她簡直如魚得水，本著好結交朋友的個性，沒多久，她大概認識半個幼稚園的小朋友及不計其數的媽媽們。

於是，「小巢」分公司的裝潢開始改變了，牆壁上貼滿她跟小朋友互換的圖畫作品，像畫廊新人展一樣；電話也老是佔線，小人也有小人的聊天方式，你實在不能很霸道地命令她掛電話，只因爲你要打給另一個大人聊天。於是，「小巢」與「老巢」各又申請一支電話，並且兩支電話均設了插播功能，而小番茄老爸與輪胎先生爲了減少使用電話的次數，一律留給別人大哥大的號碼。

有一天回「老巢」聚餐，小番茄問另一個大人：「妳有男朋友嗎？」

這個正在吃西瓜的大人差點噎住，瞪大眼睛，嘟嘟囔囔的看她：「什麼意思？幹什麼？我有沒有男朋友關妳什麼事？」

一聽這話就知道她沒有男朋友，才會用防衛性強的話回答六歲小女孩的問題。

「我有很多男朋友呢！」小番茄開心的說，摘下眼鏡，用手撩了撩頭髮。

「很多？男朋友很多？」這位大人更吃驚了，不免用她青少年時候大人訓斥她的口吻大聲說：「妳才幾歲？六歲耶，交什麼男朋友？妳弄錯了，男同學可以有很多個，男朋友只能有一個！」

「爲什麼男朋友只能有一個？」小番茄很不滿意的問。

這位大人被問倒了，眼睛盯著天花板看，她心裡想：「是啊，誰說男朋友只能有一個？」

娘娘知道這件事，她告訴小番茄：「妳以後要交兩個、三個男朋友也是可以的；不過呢，要分清楚，是先後交很多個男朋友，還是一次同時交很多個？如果是同時交，依照娘娘以前的經驗，那是很累的一件事。」

坐在一旁的小番茄爸爸，臉色似乎不太好看，他說：「才六歲就在談男朋友，等到十六歲時該怎麼辦？」

「很簡單，」某個大人說：「那天有人按門鈴，你打開門，看到小番茄手上抱著小嬰兒說：『老爸，來見見你的孫子，過陣子再幫你找女婿』。」

這位大人因發表不當預言，被要求到盥洗室漱口三分鐘。

# 小金賽性學報告

有一件事情說起來很尷尬，那就是當小人以天真無邪的口吻問你「性」方面的問題時。

通常，大人的反應有四種：

一、裝蒜型：「什麼？我不知道，這種事我根本不知道，去問你爸爸（或媽媽、老師、叔叔、姑姑……），他比較有學問，乖，去問他！」瞧，多輕鬆，把「排球」丟給別人就是了，他料準小人尚未有反駁的能力：「不知道？你長這麼大了還不知道？未免太不用功了吧！」有時候，小人還滿好打發的。

二、躲避型：這一型跟裝蒜型大同小異，差別在不會把問題扔給別人，只不過在聽到小人的提問後，突然「政策性頭痛」起來：「小寶，幫我倒杯水，我頭好痛哦！」或「過敏性蚊子咬傷」：「哎呀，眞糟糕，被蚊子一咬就全身癢，小寶，去梳妝台左邊第一個抽屜有一個綠色包包裡頭的驅風油拿來。……啊?第一個抽屜沒有?那你看看右邊倒數第二個抽屜?還是沒有?衣櫥裡面看看，有沒有?找到沒?」等小寶花了十五分鐘終於找到其實是放在床頭櫃檯燈旁的驅風油時，「小寶，幫個忙，打電話問爸爸晚上回不回來吃飯?」眞的，小人很好打發的。

三、神話型：神話與謊話只有一字之差，若講得天衣無縫，一樣令人深信不疑。「喔，很不錯，你開始想這個問題了。所有的小孩都由兩種方式出生，一種是天使抱下來給爸爸媽媽的，另一種是從石頭裡『蹦』出來的。」「那我呢?」「乖小孩都是天使抱下來的，不乖的小孩才從石頭『蹦』出來；你是乖小孩，當然是漂亮天使抱來的呀!」如果小人繼續問，也不難編造類似天氣清朗，藍藍的天空白雲朵朵，一陣有花香的風吹拂，雲端裡有個小天使飛出來，她的翅膀在陽光中閃閃發亮，當她飛到爸爸媽媽面前，我們才發現天使的懷裡抱著一個好可愛的小寶寶……。唉，小人眞好打發。

四、大而化之型：「嗯，小孩都是從媽媽的肚子出生的嘛!」肚子?沒錯，是肚子，但是接著呢?」「直接從肚臍眼出來的嘛，你不信，肚臍眼有個洞看到沒?你就是從這個洞鑽出來的。」好有道理哦!小人對這個答覆頗滿意，也就不會問：「那爲什麼男生的肚臍眼也有洞?難道男生也會生小孩嗎?」

不管屬於那一型，說穿了，大人不希望小孩太早知道性的眞相、誕生的祕密。這種心態除了反映大人心裡自我設限把「性」當作禁忌、危險甚至汙穢之外，看不出有其他深義。每一個人擁有身體自主權，對身體知道得愈少，其自主意識愈薄弱，也愈容易吃到苦頭，大人沒有理由不讓小人認識自己的身體以及隱藏在裡面的祕密。

小番茄的家族是個在保守與開放之間脣槍舌劍的小團體，老派觀念與新興勢力常常藉雞毛蒜皮的小事形成對峙，當然，吵吵鬧鬧一陣子之後，又親親密密坐在同一張餐桌上大吃一頓。大家習慣這種氣候，也練就一副兵來將擋的功夫了。小番茄雖然也漸漸熟稔家族氣象圖，不過，畢竟年紀還小，仍會出現困惑，好像一粒被蟲子咬了一口的番茄。

有一天，她打電話給大人：

「我們小孩是怎麼來的？我已經上幼稚園大班了還不知道？不太好吧！」

那個大人緊張兮兮的問：「妳……是不是看到什麼了？」

「沒有啊！」

第四台常有限制級節目，雖然經過鎖碼，但仍可從跳動的畫面略見端倪，這位大人首先想到這個。其實，報章雜誌、影視媒體多的是足以讓已識字的小番茄探觸禁忌話題的資訊。

「這個，這個……」大人開始想起小時候媽媽騙他的「石頭記」，他想，隔了三十年，應該還有效吧！沒想到故事未講完，小番茄嘻嘻然的說：

「騙人，我已經不是很小的小孩了！」

「那，我就不知道了，妳去問別人吧！」標準的裝蒜型嘴臉。

晚上，小番茄拿著紙、筆，跟這位大人說：「我畫給你看，我們小孩是這樣生的才對。」

於是，「精子」、「卵子」等高難度名詞很自然的從小番茄口中說出。客廳裡的大人們，有的咳嗽，有的去倒水，有的不自覺的拉一拉短褲，大家的面部表情都很不自然。

「那個吃飽飯沒事幹的教她？」某大人問。

有一個大人舉手，一面神情泰然的看晚報，連頭都沒抬。

這堂課上完後，這個家的兩派勢力隔了好幾天才又在一起大吃大喝。

# 小人經濟雛形

在古早年代，如果你家種菜，隔壁是個賣水果的，除非兩戶是世仇，否則鐵定出現這種情況：你大籮筐蔬菜往他家送，他也是大籮筐青果往你家搬。剛開始彼此還會互相道謝，客氣得不得了，年深月久也就習慣，說謝謝反而渾身不舒服。

雖然現代社會常被詬病爲人情澆薄，其實在不爲人知的角落仍吹著習習古風。人生嘛，有陰暗面也有熠熠閃亮之處。視野放大，也不難看到三兩燈火的。

不過，話說回來，「現金主義」的確是大部分現代人的競逐焦點，也成爲評斷貧、富的量尺。假使有兩個人站在你面前，一個擁有五百萬現金，另一個只有十五萬存款，你的心裡立刻知道該把「富」標籤貼在誰身上。當然，如果被你認爲較貧的那一個吞吞吐吐說，其實他在國父紀念館旁擁有一棟八十坪房子，我想你會火速賞給他一枚「超級大富」標籤，因爲你知道那棟房子可以換成多少現金。

這就是現代人的悲哀，貨幣掌控了價值觀，雖然只是薄薄的一張紙，但那張紙所代表的權力，讓你馴服地依照它的指示行事，你愈來愈了解金錢的暴力可以邪惡到竄改一個人的性靈、漂白穢事甚至取得發言權重新定義「英雄」。

所以，你再怎麼精神錯亂也會拿一張鈔票進餐館，而不是帶一首詩的原稿。

大部分家庭都有個默契，不會把錢給未上小學的孩子，免得他從小養成消費慾，陷入物質魔窟。上了學，零用錢額度也掐得死緊，大人們的警世箴言是：「控制小孩的金錢，就能控制他的行爲。」（當然，大人們有時也會自打嘴巴，以發放大額零用金來彌補疏於照料小孩的缺憾。）不管怎麼說，大人與小孩之間的金錢關係眞是愈來愈面臨挑戰，給少了，會被小孩取笑：「老媽，妳有點概念好不好，什麼時代了嘛！」要是給多，又怕他出入不當場所。難怪有些媽媽們不時通電話打聽零用錢行情，還熱烈討論要不要「調薪」。

小番茄的家族對錢都很迷糊，沒什麼大志也就不會精打細算。他們家的人有個壞習慣，錢到處亂放，掃地也能掃出幾百塊的。其中幾個大人更離譜，下班回家進了門，第一個動作是掏出皮夾放神案上，好像神明是超市的儲物櫃人員，幫他們看管東西的；也因此常鬧笑話，拿錯錢包裝錯錢，或放錯皮夾丟了錢。好在大家也懶得追究，反正這個家像公社，肥水還不是在自家人身上。有時候，做兄姊的還會偷偷看一下弟妹的皮夾，要是發現山窮水盡，塞幾張大鈔進去也是稀鬆平常的。

在這樣的家成長，小番茄很早就會辨認錢幣，也從中學會簡單的加減算法。小時候，像大部分的小孩一樣，她喜歡硬幣不愛紙鈔，除了鏗鏘的聲音吸引她之外，硬幣也類似積木可以變換玩法，她雖然已知道買東西要用錢，但尚未把金錢的數量、價值、使用與她自己連貫起來思考。她還是一張白紙。

有一天，一個多事的大人見她又捧著硬幣盒坐在地上玩「下雨遊戲」，鏗鏗鏘鏘吵死了。這個大人也坐下來，疊了十個一元、十個五元、十個十元，問她那一疊最多？她答一樣多。大人乾脆充當老師，把一枚十元放在十個一元旁說：「十個一元等於一個十元。」

小番茄瞪大眼睛，問：「什麼是『等於』？」

這位大人不免天花亂墜一番，哼不攏通疊了幾個例子試圖跟三歲小孩說明他認爲天經地義的事，忽然，小番茄拍一下自己的額頭說：「啊！我懂了！」

這句話眞嚇人，娘娘知道後，喊了聲：「糟了！」這句話也很嚇人；這對娘兒彷彿進入她們自己才知道的新鬥法階段。

娘娘下令眾大人戒掉亂放錢的習慣，又耳提面命小番茄不可以拿錢到外面買東西，否則……，那種恐嚇的話不提也罷。

當小人開竅了，洞悉大人世界的遊戲規則後，你再怎麼防堵，也無法讓他們恢復成一張白紙。這就是弔詭之處，大人該以讚賞的眼神稱許小人的聰明，還是採取堅壁清野，延遲小人「知」的時間。

「姑婆，妳帶我去買貼紙好不好？我好想要有眼珠珠的動物貼紙哦！」

小番茄知道只要帶大人出場，就可以「買」到她想要的東西。她不會叫一個大人買下她要的全部物件，她分散開來，只要帶五個大人出場，沒五樣也有四樣吧！當然，這一招沒維持多久即被大人們識破，此後，凡小番茄想要的東西，都必須經過娘娘的同意才能購買，大人們也樂得清閒，只要回答：「去問妳娘娘吧！」即能免除糾纏。

上幼稚園後的小番茄，顯然發展出另外一套求生本領了。

由於老師希望家長別讓小朋友帶零食上學，娘娘自然依照規定，不讓小番茄帶餅乾、糖果去，免得壞了點心時間的食慾。

有一天，幫小番茄整理可愛小書包的娘娘覺得有點怪怪的：「不對呀，怎麼每天用掉一包隨身包面紙？」

她問小番茄到底怎麼回事，上半天班的小人兒得用掉一包面紙。

「我跟小朋友換糖果吃！」小番茄答，這粒頑童最大的優點就是誠實。

娘娘嚇壞了，她不知道現代小人也有智謀、韜略，連面紙都能換，虧她想得出來。

娘娘心想，小番茄一定是看別的小朋友吃，忍俊不住才做出這種事。娘娘打破規則，每天給小番茄一、兩顆糖果，饞的時候含在嘴裡比較不招搖。

有一天，娘娘發現書包裡有半塊未吃完的仙貝，她問小番茄：「我沒給妳帶仙貝呀，妳那兒來的？」

「嘻！我用糖果跟小朋友換的呀！」

那天晚上，回「老巢」，娘娘把這件事抖出來，大人們聽了，個個愁眉苦臉不知道該怎麼辦。

有個大人說：「照這樣下去，她上小學時就會批發東西到學校賣！」

另一個不識相的大人說：「那也不錯嘛，一面唸書一面做生意，說不定小學畢業時就是年收入一百萬的小富婆呢！」

大家想到以後可以跟小番茄「周轉」，心情變得好一點。

# 穆尼穆尼丹

一個人的童年在那裡度過，那個地方就會成爲他的第一處鄉愁。

小番茄的家人都是鄉下長大的，理所當然把鄉下當作桃源聖地；雖然舉家播遷城市，鄉下的田宅呈荒廢狀態，但是不管土地掮客怎麼誘之以利，他們全家的態度如鋼鐵般堅定，不賣就是不賣！賣了，等於出售心中最純潔的那份感情，從此變成無法靠岸的海盜船。有個老是把「將相本無種」說成「將相本沒種」的頑固大人，很難得說對了話：「回舊厝去吸幾口空氣，被蚊子叮幾個包，也心情愉快。」

也因此，他們很不願意看到小番茄變成「城市飼料雞」，離了電視與冷氣房就活不下去了。他們一家人都非常討厭一到野外鄉下就嘩啦嘩啦喊髒喊累、嫌山太高、草太長的人，他們尊敬那種渾身充滿與山川原野合而爲一的人，認爲人不能失去自然根性，因爲那是生命能量的發源之處。

從嬰兒時期起，小番茄常被家人帶回鄉下「沁土氣」。經此訓練，這孩子簡直可以當遊牧民族的牧童，她不僅不會認床，而且漸漸具備隨時可以出發去旅行的本事，走到那裡，都能跟環境打成一片，尋找她自己的快樂。這一點，大人是驕傲的，他們相信如果一個小孩一定必須待在特定環境內才會感受安全與快樂，那麼長大後很可能變成內心世界的「窮人」。他們期待小番茄成為自己生命的探險家，更甚於奢求她是不世出的天才。

娘娘與輪胎先生都酷愛出城度假，開車到處亂跑，小番茄的幼稚園生涯遂常挪至渡假村、濱海旅店、農場小木屋等地載歌載舞。她也習慣晚上回到家，次日一早又切換「跑道」，揹書包上學的生活。（當然，那天的「親子聯絡簿」一定又寫：「極愛講話，阻礙老師上課，請家長注意。」）

有一回，娘娘與輪胎先生帶小番茄到墾丁玩，三名野人趁機參加「排灣族之旅」活動，讓小番茄有機會認識不同文化，免得將來心胸狹隘。行程安排頗生動活潑，除了知性也兼具大眾化的餘興節目。第一晚，導遊小姐在晚會之後帶大家做「有獎問答」，只要舉手問一個跟排灣族有關的問題，就可以得到一顆「穆尼穆尼丹」（mulimulidan），也就是琉璃珠。在排灣族文化裡，琉璃珠是非常重要的寶物，尤其琉璃古珠，涵藏宗教與社會意義，是傳家寶之一。在現代，當然有人造新珠串成項鍊、首飾，雖然同樣多彩絢麗，但不再具有神聖象徵。

可以得到「穆尼穆尼丹」，對小番茄非常具有誘惑力。導遊小姐一喊「開始」，擠在人群中的小番茄高高的舉起手，還大喊：「我啦！我啦！」不過，小人站著舉直手臂還是比大人坐著舉手矮一截，那景象恍如森林中一棵焦慮的小草。小番茄一看好多人擁有珠子了，而小姐連看都沒看到她，趕緊竄出人群，一路舉手，跑到最前面，由於人群圍成半圓形，她這名小卒無法突圍，只見她十萬火急朝娘娘與輪胎先生這兒跑來——他們倆坐在不遠的樹下吃冰棒。

「娘娘，她爲什麼不叫我？珠子快沒有了！」小番茄簡直快哭了。

輪胎先生只好讓這粒胖番茄跨坐在他的脖子上，像七爺一樣朝導遊小姐狂奔而去，小番茄的手臂一直舉著，這下子比誰都「引人注意」了，親切的導遊小姐一看到小番茄，笑瞇瞇地問：「這位小妹妹，妳要問什麼？」所有的眼光聚集在小番茄身上，他們也很好奇這匹小野馬要問什麼？

小番茄大聲問：「爲什麼在那裡買東西要付錢？」全場哄堂大笑，小姐也笑得花枝亂顫，回答說：「這也不只是我們排灣族才這樣，在平地買東西也要付錢呀！」

當然，小番茄沒得到琉璃珠，因爲這個問題跟排灣族無關；其實，同樣問題問人類學家的話，可能是一本論文要討論的呢！

小番茄央求娘娘幫她想問題，娘娘很無情地說：「妳自己想！是妳要珠子又不是我要的！」

那晚做夢，小番茄一定念念不忘「穆尼穆尼丹」。

最後一天，又到了惜別晚會，導遊小姐除了感謝大家熱情參加，共度美好時光之外，又推出琉璃珠問答遊戲了，這次是由她提問題，答對的人可獲一顆——大概是剩下的珠子不多了，所以改變遊戲規則。

這是小番茄最後一次機會，得失端看實力了。

小姐的第一個問題是：「排灣話『爸爸』怎麼講？」

小番茄不舉手了——反正舉不過人家，她以振聾發聵的聲音尖叫：「加——瑪——！」（遠處一棵大榕樹內，突然嚇出一群麻雀！）

又是一陣大笑，娘娘與輪胎先生羞得想掩飾他們跟小番茄的關係。終於得到一顆「穆尼穆尼丹」，娘娘用紅絲繩串起來，掛在小番茄身上。

「珠子好不好看？」某大人在電話中問娘娘。

「難……」娘娘壓低聲音，一見到小番茄蹦蹦跳跳過來，馬上提高聲音：「哎呀，穆尼穆尼丹好漂亮啊，從來沒看過那麼漂亮的珠子！」

「妳也未免太誇張了吧！」某大人說。

更誇張的是，小番茄開始喊她老爸「加瑪」，並且大大的運用她學來的幾句排灣話。

「親子聯絡簿」上又多了一項：「不知在講哪國話？有自言自語傾向，請家長注意！」

# 漂流之路

如果你有機會坐在街邊的咖啡館，透過玻璃窗觀看來來往往的行人，你不難看到幾張小人的臉孔隱在行色匆促的人潮裡，你當然也看到打扮新潮的少年們，坐在街邊停放的摩托車上嬉笑交談，他們似乎在等人，打算上那兒玩樂。你不必思考就能辨識他們的裝扮，幾綹染髮、誇張的耳環、短皮夾克、窄長褲，手提錄音機正在播送重金屬搖滾，聲音大到可以殺死附近的蚊蟲。他們很直接的告訴你：「我們對體制反感，怎麼樣？不爽嗎？」

你有點挫折，很難把留在腦海裡的可愛小人臉孔與這群叛逆少年聯結起來。你其實是個觀念滿開放的人，不會死板板的只因他們的穿著異於尋常即判定他們是「壞小孩」，在那個年齡層，對衣著搭配有自己的主張，有時也頗能顯現青少年的活力。但是，你很相信這群摩托車少年不獨在衣飾上追求變化而已，從老油條似的抽煙手勢及談話動作，你直接聯想到他們要去的地方絕不是書店、文化中心演講廳，或風景明媚的郊外，比較接近保齡球館、柏青哥廣場、KTV、舞廳，或者任何一條可以飆車的馬路。

他們駛向一條險惡的航道，被岸上的人視作瘟疫。那條航道充滿強烈的誘惑，性、權力、金錢……等主要人生議題像漂移的暗礁散布著，只不過，他們傾向以血腥械鬥證明權力，以搶劫、偷盜獲取金錢。他們無法再像社會職場中的人，坐在打卡鐘旁邊埋首工作，每月支取微薄的薪水。弔詭的是，他們獲取的手段愈來愈激烈，而每一次奪得的獵品，消耗速度也愈來愈快，下一次，要更大的。

當你隔著玻璃窗想像他們的未來時，你不禁問：爲什麼這樣？難道他們的基因有問題？還是學校對教育不夠敬業？社會風氣不良？每一個被點名的單位，都必須負起部分責任，當然，你也不會遺漏，他們的父母在生下他們後做了什麼？

從報章上看到的青少年犯罪案例，你雖然很想站在父母這一邊，爲他們辯解：「我們又要工作、又要照顧家裡老小，收入一直不穩定，難免有時候會罵罵小孩，也是爲他們好！他要變壞，我們也是沒辦法，做人很無奈啊！」

可是，你眞的不忍心把走上險路的孩子一竿子稱作：咎由自取。人生多麼難得，甚至連生下來四肢健全、無遺傳疾病都是幸運的，而他們擁有的強壯軀體及才智，卻無法帶他們去見識人生中高尚的性靈境界。若說殘忍，他們嘗到的才叫殘忍，因爲，僅有的一輩子被削斷了。

如果，沒有能力教育孩子，不如不生吧！

然而，換另外的角度看，不管大人如何傾盡心力照顧小孩，每個孩子都必須做一點成長功課，可以說世間本然如此，也可以視之爲演化的冷酷選擇。只不過，讓大人分外不忍的是，看到小小的孩子就必須承受過重的負擔，彷彿無罪而受刑。

單親小孩有其顛躓的成長之路，不管是父母離異、喪生造成的，還是外遇第三者所生或母親想要單獨擁有孩子，這條路上的險要關卡是孩子必須獨自迎戰外在給他的壓力，大人永遠無法趕到現場並肩作戰，總是事後才知道或永遠不知道孩子在戰爭中受了什麼傷。

有時，這傷得花十幾二十年才治得好。

小番茄的家族很古怪地連續三代都出現單親現象，前兩代因意外事故造成，她這一代則肇因於離婚。也因此，大人們小時候分別嘗過單親之苦，他們有時過分溺愛小番茄，大概也是感同身受、彷彿回到童年之故吧！

父母同在的屋簷下，除非這個家充滿和樂、歡愉，否則小孩一樣得做功課。他們面對的是家裡面給他的「恐怖經驗」，這條路又何嘗好走？

唉！如果沒有能力呵護孩子，不如不生吧！

在「老巢」與「小巢」之間盪鞦韆的小番茄，雖然看起來樂觀、開朗，但實際上，她那敏感多思的性格並不因爲大人對她的關懷而不去碰觸身世問題。

有一次，娘娘認爲小番茄夠大了，試著迂迴地向她說明戀愛、結婚、離婚的發展過程，才講到「結婚」，這粒番茄接著搭腔：「我知道啦，爸爸跟媽媽結婚了，然後離婚！」

娘娘想不透她怎麼弄清楚的？

小番茄的單親之路雖有幸運之處，但一樣有令人嘆息的地方，她與親生媽媽的關係幾乎斬斷了。

成熟的社會能用理智方式處理各種缺憾，盡量塡平每條人生路上的坑洞，若如此，痛苦、遺憾將被減到最低，則各種不同的人生道路都有同等機會被選擇。如果，社會已經文明到能夠做每個人的後盾，那麼就不會有害怕失去孩子而繼續忍受婚姻暴力的女性吧！

而我們的社會還沒有「運轉」到文明地步，像小番茄與親生媽媽這樣互不往來的例子，或許不在少數吧！

難道那位高䠷、漂亮的小女人不曾想念可愛的小番茄？每年母親節，看到百貨公司的櫥窗，她的心會不會抽動？記不記得小番茄的生日？記不記得懷胎九月，這粒好動的番茄拳打腳踢的感覺？走在路上，看到媽媽牽小孩時，會不會突然心酸好想找個地方哭一哭？會不會好想看看小番茄？（唉，母親的心一旦被觸動，宛如針刺、刀割……）

有一年冬天，過年前夕，郵差送來一大箱包裹，打開一看，全是小女孩衣服：長褲、毛裙、大外套、毛衣、襪子、襯衫、衛生衣、帽子、圍巾……

全是新的，全是百貨公司名牌貨。可是，大部分衣服都太大了，得等一、兩年才能穿。箱內沒留任何字條。

誰都知道是番茄媽媽寄來的。實在不忍想像她在何種狀況下發瘋似地幫女兒買這麼多衣服？也忍不住嘆息：什麼樣僵硬的社會、什麼樣愚昧的成人戰場，竟讓一個母親不知道女兒長得多高多胖？

從此後，不再接到音訊，僅隱約聽說她另有歸宿。過得好不好？是否也生了小寶寶？似乎都不關小番茄家族的事了。

而○七○先生，他盡量抽空到「小巢」陪陪小番茄。像大多數被傳統父權社會寵出來的男人一樣，他只知道在外工作、工作、工作，生活的重心完全以事業爲軸心向外輻射，因此，與他相處最密切的絕不是家人，而是客戶、朋友、同事。

他沒有錯，從小，社會給他的養成教育就是如此。於是，現在我們很容易看到這套不切實際的養成教育有多落伍；它完全建立在一種假設上：每個男人背後都會有能幹、精明、溫柔的女性替他料理所有的家庭事務，從削水果到帶小孩、煮飯到人情往來、繳電話費到操作股票……。

所以，男人大可把家當作高級旅館、一流餐廳。〇七〇先生像大部分男人一樣是個「家庭白痴」，他幾乎喪失處理家庭事務的能力（當然，也有「不屑爲之」的潛意識作用）。婚姻觸礁之後，他才發現擺在眼前的是比談生意更讓他傷腦筋的家務事，而從小到大，家庭、學校、社會根本沒教男人如何與異性相處？怎樣運用溝通技巧、化解感情危機？如何復健離婚傷害？如何經營單親家庭？怎樣陪孩子走出單親陰霾？

他學得很辛苦，但效果不佳；就像大象學跳舞般，幾條街外都聽得到牠在喘。

小番茄似乎看得懂老爸的難處。有一天，〇七〇先生到「小巢」過夜，在小番茄房間打地鋪。睡到半夜，這粒番茄迷迷糊糊溜下床，摟著〇七〇先生的脖子說：

「爸爸，我不要離開你！」

事後，○七○先生說，這輩子第一次，他覺得心都碎了。

表面上看起來，大人們已經盡力呵護這粒警敏的小番茄，但沒有人敢打包票，隱藏在那張天眞、活潑、快樂的孩子臉底下，她是否眞的晴朗無雲。

有個大人細心地注意到小番茄用手帕、橡皮筋做了一顆人頭偶，上面畫上眼睛、嘴巴，吊在房間牆上。那造型大概是從《一休和尚》影片學來的，大人問她：「那是誰呀？」

她猶豫了一下，壓低聲音說：「妳不能跟別人講哦！」

「好，」大人正色說：「發誓！」

小番茄的臉上出現七歲小孩不該有的落寞，她說：「那是我親生媽媽。」

人頭偶，原叫「照照坊主」，日本人把她掛在屋簷下，認爲她可以帶來好天氣。

人生根本不可能風和日麗的。也許，飄著兩三朵烏雲的天空比永遠晴朗更能讓人體會人生的眞相吧！

如果能這樣想，說不定會生出勇氣面對困境，看能不能靠著自己的努力把天空掃乾淨。那麼，降生在每一戶煎熬型家庭的孩子，就算不得已非離家出走不可，也會提醒自己去找揊條較好的路，而不是永不回頭地踏上漂流之路啊！

# 晃來晃去的戶籍

有人說不定有以下的經驗，在塡寫個人資料時，偶爾會看到一行令人頭疼的字叫「永久住址」，這眞是天才想出來的項目，所謂永久住址即是永遠都不會改變的住址，一個人怎麼可能預知自己以後會不會搬離現地？以現今交通如此便捷而言，不僅居住地與戶籍所在地可任意遷動，講得過火些，就連最有資格榮膺「永久住址」之名的墳場，也有可能因一條準備開挖的馬路而集體遷徙呢！

所以，「永久住址」最合理的用法是在充滿渴慕的情書裡，類似「請把我的心當作是你的永久住址」。

一般人對「聯絡住址」與「戶籍住址」不陌生，有的兩者相同，很多人則各分兩地，戶籍掛在A縣，人住在B市，之所以如此，常因就學、工作關係不得不然，爲什麼不乾脆把戶籍遷到身邊，免得寄稅單或投票時不方便？一來，若屬在外租屋，房東不樂意你把戶籍遷進去，二來，一想到得跑戶政事務所，人就懶起來了。

既然有「戶籍」，凡國民應享之權利、應盡之義務，便可依戶籍加以規劃、管理。於是，理所當然的，如果你家有個小朋友，到了入學年齡，便被規劃到戶籍所在地的小學就讀。

這本是皆大方便的設計，然而，實施起來卻各有各的煩惱。由於現代小孩面臨的競爭浪潮愈來愈洶湧，做父母的爲了不讓小孩落於人後，幾乎在孩子還未學步時即傷透腦筋將來的就學問題，到底圖方便在自家附近就學，還是及早設法把小孩的戶籍遷到心目中的好學校附近，愈早生根愈有把握進入該區的小學？好學校離家遠，小孩上下學要人接送是個問題，加上父母都是上班族，孩子上半天課後交到那兒去又是個問題。潛伏在這段時期內的危機是否導致孩子日漸趨向邪途，值得憂慮。

爲什麼要大老遠的越區就讀？簡單的說，對自家附近的小學沒信心。越區就讀對大人、小孩而言皆是非常折騰的事，大人必須忍受可怕的交通阻塞去接送，甚至花額外的錢找安親班、才藝班或專人照料半天，等到下班時再一起回家。對小孩而言，他的童年像一條浮根，既無法與住家附近的小孩結成朋友，參與社區活動或遊戲（因此，他很難有社區意識），又無法跟學校的同學共同分享校園外的延伸情誼，他似乎被迫兩頭落空。

除了幾家聲名遠播的明星學校，其他的小學眞的差距很大嗎？如果是，爲什麼會差這麼多？似乎有必要請主管單位解釋一下，並報告彌補之道；如果差距不大，那麼顯然是做父母的心理恐懼造成的。

講到做父母的恐懼心理，大約從懷孕之日起就一步步陷入焦慮、驚悚、恐懼、擔憂的調味罐吧。隨著孩子成長，恐懼情結對上僵化的教育體制，簡直就像「沙西米」碰到「哇沙密」似的天造地設。也難怪一有風吹草動，他們就跳腳。

從負面來看，恐懼心理最麻煩的是自動轉化成比賽心理，時時、處處要跟別人比，偏偏愈比愈輸不起。終於，演變成「面子信徒」、「拜物狂」。

娘娘與輪胎先生養了兩條狗，「冰塊」與「啤酒」，有時，他們一家三口帶狗兒到附近公園蹓躂。娘娘是個愛漂亮的人，「冰塊」與「啤酒」這對姊妹花當然是上狗美容院梳妝打扮的，其俊俏甜美模樣自不待言。散步久了，附近街坊鄰居不免稱讚這對姊妹狗：

「好漂亮喲？是什麼狗？」

吉娃娃、秋田、羅威那、馬爾濟斯、大麥町、……？都不是。輪胎先生很老實地回答：

「可能是綜合咖啡！」

「什麼？」對方以爲自己耳背，這跟咖啡有什麼關係？

「我是說，」輪胎先生扶了扶眼鏡：「雜種啦！」

「哦。」對方的表情馬上鬆垮下來：「看起來是不怎麼名貴。要小心，有些狗兇起來，嚇！不得了不得了，連主人都咬，家裡有小孩子更要當心才好！」說完，看了小番茄一眼。

回家後，娘娘嘔得像一把衝天炮：

「什麼叫『看起來是不怎麼名貴』？勢利眼、青光眼、鬥雞眼！」接著，她的炮口對準輪胎先生：「還有你，不會講話就閉嘴，白內障！」（娘娘的家族都有「重度傷害他人」的才賦，爲了不使受傷者傷勢過於嚴重，因此常常研發特殊用語以遂其意。「白內障」就是「白痴」內加「智障」的意思。太毒了，此風不可長，記她小過兩支。）

痛定思痛，從此，「冰塊」與「啤酒」有了最新的血統，叫「西伯利亞狐狸犬」。

「多靈啊！」娘娘眉飛色舞告訴家人：「一聽到『西伯利亞狐狸犬』，那些人馬上說：『哦，很有名，一定很貴吧！』我就說：『嗯，是不便宜，全台灣只有十隻！』嘻嘻嘻……」

西伯利亞，反正那是很遠很遠的地方；狐狸犬，因爲「冰塊」與「啤酒」在美容師的剪刀下，樣子有點像狐狸。娘娘覺得「西伯利亞狐狸犬」唸起來高貴又有力。

（唉，她還不是一樣被「恐懼心理」征服了！）

回到前面的話題吧！大部分（不好意思說全部）的小學，沒打算提早跟該區的父母、小孩做朋友的；換言之，除了帶小孩去學校放風箏、盪鞦韆外，父母與孩子對這所離家最近的小學的認識幾近於零。他們不知道這所學校的歷史地理、校長是誰、幾個老師、全校幾班、有些什麼「豐功偉業」、教學理念以及是否成立什麼樣的互助組織或社團活動……。既然一概不知，做父母的當然依照「聽說××學校很不錯」來安排孩子的就學。

若有誠意，學校可以發揮創意提早與該區的小孩做朋友，譬如運動會、園遊會時邀請他們來當小貴賓；在孩子未滿就學年齡時，父母就已收到學校寄贈的介紹手冊，讓大人小孩提早對這所學校有所認識，同時也增加信心。

這些，很難做到嗎？當然不難，做了之後眞的能打破父母心中的「好學校」排行榜嗎？很難講。不過，天下事總是這樣，大家都不動、不做，則維持原樣，既然原樣令人不舒服，則不妨改變一下，說不定可以降低幾度恐懼心理、減少幾份在馬路上晃來晃去的戶籍呢！

# 「教育」砂石車

走在大街小巷，抬頭看看天色之後，眼光由上往下飄落之際，不難發現隱藏在茶行、餐廳、7-11、美容院……等大招牌間的另一種小牌告，例如：「安親班」、「小學課輔」、「國中英數，小班制」、「兒童才藝中心」……。這一類的招牌比較簡單，有的只是懸塊帆布或釘上塑膠片而已，給你的感覺是個不快樂的地方，由於不能大搖大擺豎個大招牌像7-11那樣，讓街坊鄰居都知道「我在這兒」，又不能不弄個小牌告讓需要到不快樂的地方歇腳的人知道，因此，這些小市招在散發不快樂之餘更染上一層不光明的色澤。

你當然知道什麼人需要到這些地方泊靠，你閉上眼睛就可以看到四歲的、八歲的、十五歲的……孩子們揹著書包，穿越烏煙瘴氣的街道，走到某一棟公寓前按門鈴，推門而入，然後在家庭式的空間裡做功課。也許有個「老師」陪這幾個孩子，分別幫他們複習功課。「老師」的家人也許正在廚房做菜，你不難想像可以聞到煎魚、燉肉的味道，抽油煙機像轟炸機一樣發出巨響。

所謂不快樂，是指跟那塊小牌告有關的人都無力做他們該做的事：「老師」明明該跟家人相處，卻必須在自家中劃出空間幫別人家的孩子補習（或課輔）；小孩明明該跟家人享受家庭生活，卻必須上別人家做功課；父母明明該在家裡烹調晚餐、與孩子同樂，卻必須陷入下班的車陣、疲憊的打起瞌睡。不光明是指，沒人喜歡這樣，卻無力摔桌摜椅不再過這種款式的生活。

這一切的辛苦，當孩子不斷從學校拿回一張張獎狀時，似乎有了代價。於是，學校教育延長了，只不過是延長到補習班上，這回不再是小牌告了，而是整條街、整棟大樓明亮得跟白晝一樣的大講堂，光明正大的補習班霓虹招牌在夜晚的都市中如燈塔般召喚迷途的小船。就台灣的孩子而言，在他成長的路上有三輛把他當作砂石（或廢土）互相傾倒的砂石車：黃昏時，學校把孩子倒給補習班；夜間，補習班把孩子倒給家；清晨，輪到家把睡眠不足的孩子倒回學校，就這麼把他們「倒」大了，就這麼他們每個人手上都拿到一張不算壞的畢業證書。然後，大家都覺得對他們責任已了（有的人喜歡用：仁盡義至）。

是這樣嗎?你不禁糊塗起來,在可貴的一生中,花了那麼多時間、資源,到底我們希望打造出什麼樣的新世代?耗費將近十六年(小學至大學畢業),這些孩子在專業學習之後,到底品嘗到生命中那些高貴的部分?且因著這種品嘗與感動,他們願意更昂揚的自我錘鍊,準備從我們這一代手中接掌這個社會,因爲他們是可以做出承諾的壯碩的人。

你恍然覺得,那一張張的獎狀與畢業證書上,載明了獲得名次與通過考試的榮譽,但缺乏記載,做爲一個人的榮譽是什麼?

所以,當藥學系的高材生煉製毒品、資優的研究生爲了挽回愛情竟然對女友下毒時,你不禁想要走遍大街小巷,把那一方方的小牌告扯下來,再一筆勾銷整條霓虹補習班大街。

你渴望看到「學習」就像在遼闊的草原上尋覓自己的方向一樣,自由且莊嚴。你更渴望看到這些亮麗的孩子,宛如哲學家皇帝般,在他們高聳的額頭上,正流著因思索生命意義而滲出的汗珠。

# 菜市場典禮

很多人有共同的想法，中國人對於會議、典禮、儀式等公眾活動的素養不怎麼高明。不僅舉辦的人捉不住場面，應邀發表演說、致詞的貴賓摸不著頭緒，參加的人更是手足無措，只好像呆頭鵝一樣，該站就站，該吃就吃，或者大剌剌的「搭便車」，趁人家的大典，到處找人聊天，猛做自己的公關。

最叫人印象深刻的，莫過於結婚典禮了。中國式的喜宴原本具有戲劇性的繁美特色，極盡所能，要把喜氣散發給每一個人，因爲在中國人的觀念裡，婚姻的喜氣是所有可喜之事中最具能量的，它簡直可以讓走楣運的人逢凶化吉，路途一片光明。

然而，美好的理念落實下來，卻因技術層面與施行者欠缺涵養而弄得萬分狼狽，甚至俗不可耐起來。

譬如，爲什麼每一場喜宴入口處，一定要擺小櫃台呢？讓賓客簽名倒還好說，旁邊坐著三、四個盛裝小姐收禮金，實在不太好看。你簽了名，取出紅包，她們立刻掏出新台幣，火速登帳，錢入錢堆，紅包袋隨手扔到一旁，你尋思甚久在紅包袋上寫的祝福吉辭，恐怕新人是沒機會看到了。你環視左右，一波波掏錢動作正如火如荼進行，你不禁想，婚姻是一樁好熱鬧的買賣啊！光是喜宴入口就場面難堪，其餘就不必見怪了，席開數十桌，每桌都兵荒馬亂的，大人叫，小孩跳，吵得翻天；新人忙著換衣服、敬酒，拍照、錄影的穿梭不停，還不時聽到侍者托盤大喊：「讓讓！上菜哦！」活脫脫是一齣野台工地秀。婚禮弄成這樣，毫無莊嚴聖潔之感，來客好像逛觀光夜市加上「一千二吃到飽」，根本沒必要去體會這一對新人的愛情故事，當然也不會有所感動。這樣的婚宴品質與其說讓人興起「百年好合」之讚，不如說浮上「百年好亂」之嘆。

眞希望有關單位能廣邀專家，研發較適合現代社會婚喪喜慶等各類典禮、儀式的「參考手冊」，繁簡各具，讓民眾有個藍本，怎樣辦一個有品質、精緻的大典。

開會也一樣，大部分的上班族最怕碰到例行性、無效率的會議；主持者東拉西扯，從老共到鄧小平到底是雙眼皮還是單眼皮……試射飛彈扯到四十年來台海關係階段性演進，開會的主要目的卻忘得一乾二淨，好不容易有人提醒，才「好好好，回到正題，我們先討論一下……」沒兩下又盪出去批判時事，罵罵李登輝、連戰、宋楚瑜、陳水扁……。這種會開得你五內俱焚，恨不得手上有塊「金絲膏」，猛地把他的大嘴巴貼得死死的。

回到小番茄身上吧！

這粒紅撲撲的番茄終於要從幼稚園畢業了，這當然是大事，一生中第一個畢業典禮是值得慶祝的。她就讀的幼稚園，顯然了解小朋友的家長對這個畢業典禮的期待，因此把典禮設計得多彩多姿——場面浩大到宛如三台藝人年度勞軍晚會，充滿綜藝味。

那天一大早，娘娘就帶小番茄上美容院做頭髮，還化了妝，因爲典禮中每個小朋友都會身著彩衣上台表演節目。

小番茄的家人幾乎都「出籠」了，開了兩輛車趕赴會場參加大典。還有大人從辦公室請假出來，一定要在小番茄的大日子裡「捧個人場」。（開玩笑，今天沒到的話，以後的日子恐怕不好過。）

因爲每個小朋友的家人都這麼想，所以四、五百人的會場擠得黑壓壓的，不僅人聲鼎沸，幾乎到了寸步難行。眼看預定開始的時間已過了十五分，底下仍像「跳樓大拍賣」現場，幼稚園的老師不得不拿著麥克風大聲要求家長守規矩：「拜託各位家長趕快坐好啦，我們馬上要開始了，請現在不要照相，等一下再照好不好啦？求求你們！」（這位老師好像快哭出來了。）

有一個大人搖搖頭說：「這那像畢業典禮，簡直是菜市場嘛！」

另一個大人若有所思：「現代父母太寵小孩了，這不是社會之福；從小看慣物慾橫流，湊慣熱鬧場面，只不過幼稚園畢業就弄得這麼榮華富貴，那大學畢業怎麼辦？把中正紀念堂包下來辦舞會啊？」

另一個大人還來不及搭腔，忽然舞台上花式閃燈亮起，喧嚣的音樂轟然來襲，一群臉上化妝得像小花貓，身穿鳳仙裝的小朋友魚貫走出，底下的家長們失控地衝到台前拍照，一路大喊：「快點快點！在那裡啦？彭萱萱，聽到快回答！」

小番茄的家人之一，好像遭到雷劈，呆在座位上無法動彈，眼睛瞪著天花板，不敢相信一群純眞的小天使居然是在俗不可耐的「菜市場」畢業。他忽然掩住眼睛，害怕接著會看到電子花車清涼秀。

# 送一個希望給未來

不管怎麼說，小番茄終於念完幼稚園了。最高興的人大概也包括她的老師吧！這個曾經帶領小朋友把她放在桌上的渾圓大饅頭戳成蜂窩狀的小魔頭，終於要離開她的視線了，豈不令人雀躍！（關於這件事，小番茄的說詞是，她問老師，可不可以吃一口她的饅頭？老師說，不可以，那是我的午餐。所以，小番茄就趁她不在，幹下那筆勾當。爲什麼帶小朋友戳饅頭？它惹妳嗎？「不是啦，」小番茄說：「我覺得我們每個小朋友給它戳一下，它會變得比較好吃！」有個大人依照她的文法說：「我也覺得我們每個人揍妳一下屁股，妳會看起來更美麗！」）

總之，小番茄搬回「老巢」上小學。大人們似乎都鬆了一口氣，辛苦了八年，把一個只會哭啼的小嬰兒拉拔成伶牙俐齒、活蹦亂跳的八歲小女孩，眞是不容易啊！也因此，當小番茄正式當起小學新鮮人的那一天，大人們幾乎是異口同聲地透露他們心內的話：「小番茄，妳已經長大了，凡事要靠自己喲！」這種話講得更白一點就是：以後別來煩我了。

果然，沒人盯小番茄的功課，她又開始變成守著電視的「卡通族」，第四台的卡通頻道成了像她這種剛解除大人符咒的小人樂園，連夢話都說日語。至於功課，由於幼稚園時娘娘幫她打了很多基礎，一年級的課程對她而言用小指頭就可以應付了。她的作業簿簡直慘不忍睹，字跡凌亂、漏洞百出，但你不能說她錯，因爲以鑑定骨董的眼光仔細辨認後，你會發覺她都寫對。

事情開始轉變是，有一天，娘娘回「老巢」晚餐，一時母性大發，摟著小番茄說：「去，功課拿來給娘娘看！」

小番茄兩眼咕嚕咕嚕溜了一圈，說：「不用看啦，我都會寫……」

娘娘是何等人物，一聽就知道這粒番茄必定有詐，提高聲音：「拿——來！」

接下來，你就看到有個女人捏著橡皮擦，一手撐開手指按著簿子，一手用力擦掉上面「盤根錯節」的鉛筆字跡，她的頭髮隨著用力的勁道忽然晃左忽然晃右，小番茄哇啦哇啦大叫像非洲土著大跳獵舞一樣。娘娘肅著臉，捧著簿子在垃圾桶邊把橡皮擦屑傾倒掉，乾乾淨淨的本子攤在小番茄面前，娘娘只說兩個字：「重寫！」

這下子麻煩了，小番茄只得乖乖地一筆一劃重新寫功課。可是她心裡有數，娘娘待會兒就走，打雷不會一年到頭都打吧！

大人與小孩的長程功課也許就在這兒，雖然孩子漸漸長大，但並不代表他已有自制能力去面對另一階段的成長課題，他仍需要大人隨時在一旁關心他、矯正他、鼓勵他往較正確的方向走。同樣是寫功課，也同樣都寫對，但一個以鬼畫符的速度、好像在替大人行善的態度做，另一個認真學習、並因此漸漸激起求知慾，二者朝向的未來是不一樣的。小孩拿著筆在簿子上寫功課，也同時在內在世界寫出了自己的生命態度。

畢竟，每個孩子都是一座寶礦，他們是未來世界暫時寄放在我們身邊的奇珍異寶，我們終會退席讓位，在消褪之前，如果有機會替未來做些什麼，那就是從自己身上摘下誠心、撥一些時間，送給孩子們。如果因著我們的努力，這些孩子漸漸地在額頭上發出理想的光、眼神裡充滿對真理與正義的追求意志、胸膛內起伏著對智慧與知識的讚賞，那麼，我們真的可以自我安慰；我送給未來的禮物是，一個孩子，一個希望。

不過，擺在眼前的事實是，回老巢之後的小番茄，似乎愈來愈走樣了。以往在「小巢」建立起的生活習慣與學習態度，不消一年即宛如泡沫消失無蹤。

娘娘又提出轉學建議，讓這粒番茄重回「小巢」居住。看來，她對小番茄是很難放下心的。

當然，這個家又集體演出一齣愈理愈亂的「家庭倫理劇」。

我不打算紀錄這齣戲。對小番茄而言，不管住哪裡，她都必須漸漸學會堅強、勇氣、智慧，來處理成長路上的每一場風雨。

對這樣一個在單親與多親重疊、現代與傳統對峙中成長的小女孩，她的未來會變成什麼樣子？誰也無法預測吧！

大人能給的，永遠是有限的愛、少量的安慰，其他的，必須靠她自己努力了。

所以，讓我們這些臉皮很厚的大人一起祝福：

「加油，小番茄！

成長的路雖然很辛苦，

但有一天，妳會發覺：

妳終於長大。」

九歌文庫 464

# 頑童小番茄

## 一個單親小女孩的成長錄

The Little Tomato Girl


著者　簡　媜
責任編輯　薛至宜
發行人　蔡文甫
出版發行　九歌出版社有限公司
臺北市105八德路3段12巷57弄40號
電話／02-25776564・傳真／02-25789205
郵政劃撥／0112295-1
九歌文學網　www.chiuko.com.tw
印刷　晨捷印製股份有限公司
法律顧問　龍躍天律師・蕭雄淋律師・董安丹律師
初版　1997（民國86）年6月10日
重排增訂二版　2005（民國94）年3月10日
二版3印　2013（民國102）年6月
定價　240元

書號　F0464
ISBN　957-444-207-1

國家圖書館出版品預行編目資料

頑童小番茄／簡媜著. -- 重排初版.
--臺北市：九歌，2005〔民94〕
面；　公分. --（九歌文庫；464）
ISBN 957-444-207-1（平裝）

855　　　　94002122